EL
DOLOR
DE LA
MEMORIA

SUSANA DE MURGA

EL
DOLOR
DE LA
MEMORIA

HarperEnfoque

Harper*Enfoque*

© 2023, HarperEnfoque
Publicado en Nashville, Tennessee, Estados Unidos de América
HarperEnfoque es una marca registrada
de HarperCollins Christian Publishing, Inc.

El dolor de la memoria

D.R. © Harper*Enfoque*, 2023
Publicado mediante acuerdo con VF Agencia Literaria
© Susana de Murga, 2023

Diseño de portada: Liz Batta / Cáskara Editorial
Imágenes de portada: ©Shutterstock
Formación de interiores: Felipe López Santiago / Grafia Editores S.A. de C.V.
Cuidado de la edición: María Teresa Solana / Grafia Editores S.A. de C.V.

ISBN Rústica: 978-1-4003-4328-7
ISBN eBook: 978-1-4003-4329-4

Primera edición: abril de 2023

ÍNDICE

No se trataba para ella de saltar en el vacío buscando una salida inmediata sino de recibir en pleno rostro todo el asalto de la vida.
Las alas de la paloma, Henry James

PRIMERA PARTE

I

Mariano se ajusta las botas de motociclista que le prestó Roberto. Le llegan casi a la rodilla y se ven más gastadas que el cuero del traje, los guantes y los botines cortos de sus amigos. Él solo viste *jeans*, una chamarra de piel encima de la camiseta blanca y gafas de protección sobre el casco. Sube a uno de los vehículos motorizados, lo prueba con dos vueltas al jardín. "¡De que puedo, puedo!". Se siente confiado: es deportista, tiene buen equilibrio por su afición a la bicicleta de montaña y cuenta con la promesa grupal de tomar caminos tranquilos. Los jóvenes, montados en sus bestias mecánicas, salen por el portón tras un "Vámonos" que hace rugir los motores.

Sobre la tierra seca los compañeros de odisea aventajan a Mariano, lo envuelven en una polvareda que lo obliga a disminuir la velocidad hasta recuperar la visión. "¡Carajo!, así es imposible alcanzarlos". Con el brazo izquierdo abanica la nube café que lo rodea. Metros más adelante descubre a Roberto; se detuvo a esperarlo y le anuncia que el resto prefirió ir más deprisa. Se encontrarán en una hora frente a la represa.

Los dos amigos suben veredas escarpadas, saltan sobre vados o ramas caídas; sus cuerpos se agitan a capricho del motor y de los senderos terrosos salpicados de vegetación. Como la sombra de los árboles no merma el calor, al llegar a una llanura Roberto hace señas con una mano, propone detenerse a saciar la sed. Se quitan los cascos y los colocan sobre las motocicletas. Relajan las piernas, sacuden los brazos, abren y cierran los dedos. Beben agua de unas cantimploras metálicas, mojan sus rostros, ríen de los hilos de tierra que escurren por sus barbillas dándoles una apariencia deplorable, como dos menesterosos. Localizan dos troncos contiguos, se recargan, encienden unos cigarros y entre caladas corean: *Here I am, on the road again. There I am, up on the stage.*

El sonido de un motor interrumpe el canto. A alta velocidad, un auto blanco desciende de la cumbre. Como si se tratara de un todoterreno, pasa sobre piedras, ramas y baches.

—Ay, cabrón, nos van a dar en la madre —dice Roberto, resguardándose tras el tronco.

—Se me hace que nos metimos en un rancho —Mariano tira el cigarro, lo apaga con la bota y cierra los puños como si dentro de ellos pudiera concentrar la alerta.

—¿Estás ciego? Vienen directo a nosotros. ¡Nos van a matar!

Apenas Roberto enuncia la última palabra, el Jetta blanco derrapa. Las marcas circulares de las llantas quedan impresas en la arcilla y a escasos metros de ellos descienden tres hombres armados.

—Son cuernos de chivo —dice en voz baja Roberto cuando el trío ya se les acerca apuntándoles con las armas.

De pronto se oyen otros motores a lo lejos; son un hombre y un niño montados también en motocicletas. Enseguida el alto del contingente les apunta con su AK-47 y ordena que se detengan. El adulto hace una seña al chiquillo e intentan huir. Un disparo al aire descontrola al pequeño. El hombre abandona su moto y corre a auxiliarlo, a cerciorarse de que se encuentra bien. El más espigado alcanza al par de fugitivos, al mayor le propina un gancho en el estómago que lo hace caer. En el suelo le da cuatro patadas mientras el pequeño se cubre los ojos: "¡Papá, papá!". Los otros dos agresores se comunican por radio con alguien que ordena: "Tráetelos".

En ese instante una rebeldía instintiva empuja a Mariano a lanzarse contra los individuos que pretenden llevarlo a quién sabe dónde. Va a dar un paso al frente pero Roberto lo detiene en seco con un apretón en el brazo y un "Quieto" lleno de apremio. Reciben la orden de subir al auto. "¡Ni a putazos cabemos con estos salvajes!", piensa Mariano, sin saber que entra en un mundo donde se expanden las posibilidades. En el Jetta se amontonan víctimas y victimarios.

—En chinga mando por las motorolas; la de este cabrón que quiso pelarse está bien chida; la del mocoso le queda a mi chavo —dice el alto, mirando a través de sus lentes oscuros.

—Eres riquillo, ¿verdad, culero? —pregunta el de la cruz tatuada en el antebrazo al papá que sangra por la ceja izquierda.

—Agachen las jetas o aquí se mueren —ordena un tercero de cabeza rapada y ojos diminutos.

Las entrañas de Mariano arden. Las contiene mordiéndose los labios hasta hacerlos sangrar. Con el sabor ferroso se traga el pavor. No puede más que obedecer, bajar la cara, cubrirse los ojos durante los eternos minutos en que el vehículo avanza por el monte. De vez en cuando se atreve a echar un vistazo: árboles, árboles y más árboles. La irregularidad del terreno multiplica la sensación de distancia hasta que, por fin, el auto se detiene. A jalones bajan a los capturados. Se apoderan de las chamarras y con un cuchillo les desgarran las camisetas a los cuatro. Los tiran al suelo. La hierba les pica la espalda y con discretas oscilaciones de culebra intentan rascarse. Sus miradas traslucen miedo, en especial la del niño abrazado al cuerpo del padre. Mariano adivina que llegaron a una base en cuanto ve bajo una lona azul de dos por tres metros, amarrada a cuatro árboles, más detenidos. Alrededor circulan otros hombres con armas al hombro.

El alto hace un informe a quien parece el cabecilla. "¡Ese cabrón casi tuerto es el jefe!", piensa Mariano al observar la línea abultada que va del nacimiento del pelo al párpado derecho del líder y que intensifica su aspecto amenazante. Cuando lo ve sacar un cigarro de mariguana, darle una calada y sonreír, nota que la ceja partida se mantiene inmóvil y la sonrisa se torna artificial, como los gestos de un paciente al despertar de la anestesia. Roberto pide una fumada.

—Machín el puto este, ¿es el que se quiso escapar? —pregunta el superior.

—No, fue el güero, el del chamaco —responde el alto y se quita los lentes oscuros para dirigirle una mirada desafiante al hombre rubio que intentó huir.

—Bueno, por bien portado, te voy a convidar —dice el líder al poner el churro entre los labios de Roberto—. Dos jales nomás, no te atasques que al rato te va a dar güeva caminar.

Mariano no entiende al amigo. "¿Para qué apendejarse?". Prefiere estar alerta por si se presenta la oportunidad de escapar; quisiera decírselo a Roberto pero no piensa llamar la atención.

A los pocos minutos, de acuerdo con las instrucciones del jefe, les amarran las manos, los ponen de pie y a empujones los llevan hasta el toldo improvisado. Se apiñan con otros tantos secuestrados bajo el metro de altura que los obliga a permanecer sentados, pero al menos les regala sombra.

—Quietecitos, cabrones. Hasta que se aplaque el calor nos vamos a encaminar —dicta el segundo al mando, el más joven de todos.

Quienes ya estaban allí se arrinconan para hacer espacio a los nuevos sobre la broza caída de los pinos. El padre quiere saber cuánto tiempo llevan retenidos, necesita entender qué les espera. Entre susurros, uno se presenta como Pablo y tranquiliza a los nuevos rehenes diciendo que hasta el momento no ha habido muertos, que ya liberaron a varios, calcula que a unos cinco.

—Nomás no se les ocurra llevarles la contraria porque no se andan con miramientos —murmura otro, con un ojo clausurado y un pómulo sumido.

El niño, con las manitas atadas acaricia con sus dedos los golpes en el rostro del papá, enseguida recuesta la cabeza en el pecho paterno y juguetea con la broza, levanta la hojarasca y la deja caer sin quitar la vista de la tierra.

Al ver los efectos de la brutalidad en la cara de sus compañeros, la impotencia se reaviva en Mariano. "¡Por un pinche paso son capaces de matarnos!". La saliva se le espesa en la boca al mismo tiempo que el sudor le escurre por el rostro, como si tuviera una llave mal cerrada en la cabeza. Los otros nueve prisioneros también transpiran y contemplan el reparto de las pertenencias de los recién llegados. Las chamarras las reclaman el rapado y el del tatuaje en el brazo. El reloj de Roberto le gusta al de cara aniñada y nadie discute; los del padre y el hijo se los queda como trofeo el alto de lentes polarizados.

—Para mí y para mi Sebas —dice al guardarlos en el bolsillo del chaleco de camuflaje.

—Va, Chavetas —aprueba el líder—. Quédate también con la chamarra del escuincle.

—Está chida. De seguro le queda a mi hijo.

Apartan el dinero; las carteras las colocan en una bolsa y separan las tarjetas de crédito, las identificaciones, los celulares.

—Vamos a ver quiénes son estos güeritos —dice el cabecilla. Mira las credenciales y los teléfonos.

Mariano agradece al santoral al que reza su madre el haber pensado que no iba a necesitar dinero. Dejó encima del buró tanto la billetera como el teléfono. En realidad es poco afecto a las redes sociales y no entiende el afán de fotografiar la cotidianidad. Gracias a ello es tan solo una cara blanca con pelo castaño y rizado, ojos cafés, algunas pecas en la nariz y sin ninguna peculiaridad relevante. Él no es nadie.

—Chale, este es importado. ¿De dónde eres? —cuestiona al padre el del tatuaje de cruz, recelando del apellido extranjero y los ojos azules.

—Mexicano —responde en perfecto español.

—Y a tu mamá se la cogió un gabacho o qué, ¿de dónde el pinche nombre y los ojos descoloridos? —pregunta el de la cabeza rapada.

—Un francés.

—¿Este aparato es tuyo? —interroga a Roberto el alto de lentes oscuros.

Él asiente. Lo obligan a desbloquearlo y se concentran en las fotografías.

—Mira, Soldado, le sabe a las armas, aquí tiene un chingo de escopetas —el Chavetas extiende el celular al jefe para mostrar las imágenes.

—A ver, jálatelo.

Roberto intenta explicar que lo invitaron a una cacería, que fue solo una vez.

Los secuestradores no confían en él y además se convencen de que es uno de los pájaros más gordos. Las imágenes de la cacería, de sus viajes a Las Vegas, a distintas playas y al safari fotográfico les aseguran que pueden echar a volar su ambición. Hasta se frotan las manos en señal del reparto generoso que ya imaginan.

—Con este ya chingamos, va a haber para darnos gusto —dice el más joven.

—Más les vale, Tanquecito —contesta el jefe—. Ya ves que luego los más forrados son tacaños, y si así sale tu parentela, te vas a tener que quedar para fiambre, machín —añade con un guiño a Roberto.

Cuando interrogan al padre, pide que hablen con su esposa, asegura que están pasando por una mala racha económica.

—¡Lástima! —le contesta el Chavetas.

Mariano da el contacto de su papá; dice que es un comerciante del centro de la ciudad, vende telas y apenas gana para mantener a la familia.

—Estoy aquí porque unos amigos me invitaron a pasar el fin de semana. ¡Hasta las botas son prestadas! Espero que mi papá pueda conseguir el dinero. ¿Cuánto piden?

—¡No te hagas pendejo! Ese no es tu pedo. Lo tuyo nomás es aguantar —responde el cabecilla.

II

Al caer la tarde el jefe ordena al grupo salir del toldo. Elige a dos cautivos, a Pablo, el de poco pelo, y a un ensombrerado, para que lo desaten y lo doblen. El Chavetas se acomoda los lentes antes de agacharse y deshacer los nudos que les inmovilizan las manos. Mariano quisiera que lo soltaran a él. La soga nueva, de un amarillo intenso, se le incrusta en la piel. "¡Ay, lastima un chingo!", se queja cuando se levanta con las piernas entumidas y se le raspan las muñecas. De pie, observa los esfuerzos de una mujer; la ayuda el marido, según asume él.

—¡En la madre, está embarazada! —le susurra a Roberto en cuanto se hace evidente el vientre abultado.

El Chavetas gira instrucciones al rapado y al del tatuaje; ambos se acercan a la pareja. La mujer se refugia en los brazos del esposo pero él la separa, y después de darle un beso le indica que siga a los hombres. Ella llora, se niega a dejarlo ahí, a irse sin él. La situación tensa el cuello de Mariano, sus músculos se contraen por la súplica en los ojos femeninos, por el peso del bebé, por el camino que les aguarda junto a esos bárbaros. Nadie habla.

Apenas parte la comitiva, el Tanque organiza una fila para empezar la caminata. Con mochilas, bolsas o simples cuerdas carga la espalda de cada prisionero con provisiones: botellas, mantas, plásticos, pares de zapatos, linternas, pilas. Mariano procura colocarse entre Roberto y el hombre que dejó ir a la esposa; al lado de su amigo se siente más seguro y la resignación del otro le genera curiosidad. Después de dar unos pasos le pregunta:

—¿Ella va a estar bien?

—Nomás me queda confiar, me dijeron que la van a dejar cerca del pueblo. No quieren mujeres y menos preñadas. Van a ver cuánto sacan por las motos que les bajaron a ustedes y aprovechan el viaje.

—Ah —responde Mariano, vacío de palabras. Confiar le parece tan imposible como volver el tiempo atrás, y sin embargo es la única forma de adelantar los pies.

El hombre cuenta que es taxista. Había ido con su mujer a llenar unos bidones de gasolina y tuvo la mala suerte de encontrarse con los delincuentes. Querían todo: el combustible, el taxi, a ellos. Se arrepiente de haber salido en la noche, de haber llevado a su mujer. Intentó defenderla y por eso le rompieron la nariz de un culatazo. Le duele más el carro aunque no sea tan importante. Lo que de verdad le preocupa es su señora y la criatura.

—Dios mediante van a llegar con bien, lo demás, pues ya ni llorar, ojalá mi hermano pueda vender pronto su carcacha para que me saque de aquí —añade.

—¡Pobre cuate! —dice Roberto.

Mariano no responde. La mujer del taxista le despertó compasión pero cada uno de ellos corre el mismo peligro. "¡Estamos todos jodidos y no acabo de entender por qué! A estos tipos no les hace falta robar gasolina ni coches si se dedican al secuestro, y para mantener el control les bastaría con unas pistolas y una casa de seguridad. En cambio, manejan los AR-15 como si los vendieran en cualquier mercado. Se sienten muy seguros, por eso se arriesgan a tener tantos secuestrados al aire libre".

—Esto se parece a los raptos masivos de migrantes —opina.

—Se me hace que estos güeyes son narcos o guerrilleros — responde Roberto y arquea la espalda para estirarla.

—De seguro no tienen mucho que perder. Andan en el mercado de gente, venden las motos y supongo que también la mota que
se fuman.

—No desperdician nada.

Avanzan un par de horas por el bosque de pinos, sobre tierra
rojiza. Al andar quiebran la hojarasca y la oyen crujir como pequeños huesos partidos. Los hombros resienten la carga mientras las
muñecas atadas se entumen. Además, Mariano y Roberto no pueden flexionar los empeines por las botas de motociclista y en las laderas se resbalan. Ambos quisieran tener los botines cortos de sus
amigos. Desearían no haberse separado de ellos ni haberse detenido a beber agua.

Roberto resopla, no puede más, disminuye la velocidad y se
distancia del resto. El hombre del tatuaje en el antebrazo, tras una
indicación del Chavetas, se detiene, lo espera y le da un empujón
que lo hace caer de boca. En el suelo, por el atraso, le asesta dos patadas que lo encogen.

El grupo interrumpe la caminata. Busca el origen del ruido.

—No pasa nada —dice el Tanque, con la voz demasiado ronca
para sus labios infantiles.

Mariano comprende que el incidente no fue circunstancial.
Les sirve a los agresores para acrecentar el temor y la obediencia después de haber soltado a la mujer embarazada. Mira en
derredor. El lugar es estratégico: están en una planicie rodeada
de árboles, senderos escarpados y oscuridad. El líder coordina
la instalación del toldo de plástico y ordena a los "intercambia-
bles", como llama a los cautivos, meterse bajo él. Concluyó el recorrido. El alivio de los secuestrados es evidente, se liberan de la
carga, las ataduras y descansan los pies. En el horizonte queda
apenas un rastro entre ocre y anaranjado de lo que fue el día. Se
sientan unos junto a otros para contrarrestar el fresco de la noche. La mayoría cruza los brazos sobre el pecho y los frota con
las palmas.

El autoabrazo transporta a Mariano al hospital. Ahí, donde se transpiran más emociones que fiebres, la gente también se abraza sola. Por cada enfermo suele haber varios familiares que lloran y se estrechan entre ellos, pero cuando alguien recibe una noticia en solitario se abraza a sí mismo; se acaricia si las circunstancias son prometedoras o se aprieta si la angustia necesita asirse a algo menos resbaloso que el pensamiento. Es una forma de consuelo, de ahuyentar la soledad y el miedo. Los pacientes también se abrazan en un intento de animar a sus cuerpos a seguir adelante. Muchas veces él se preguntó por qué decidió estudiar medicina si la muerte tiene la última palabra. Sabe que aunque nadie puede ganar la batalla final, hay otras que sin conocimientos o equipo se pierden antes de tiempo. El primer pequeño que atendió en urgencias le corroboró el acierto de su elección. Mientras canalizaba aquellas escuálidas venas, la epinefrina fluía y palpaba las costillas, el cuerpecito comenzó a responder. Cada parpadeo lo alentó a seguir combinando químicos hasta normalizar las pulsaciones. ¡Control! Un poco para mantener a raya las amenazas.

Sin perder de vista a los secuestradores, Mariano se masajea las muñecas, evita las heridas provocadas por la cuerda, teme causarse una infección. "¡Si tuviera por lo menos un antiséptico!". Como una ráfaga de aire refrescante cruza por su mente la idea de huir. El instinto le advierte que si no muere acribillado a balazos, se va a perder en el cerro y lo van a encontrar los mismos sujetos pero enfurecidos y ansiosos de venganza.

"Saber reduce los riesgos", se dice al observar con detenimiento a sus compañeros, debe conocerlos a todos, descubrir qué papel juega cada uno en ese bosque tan distinto a su entorno habitual. Quizá no opuesto, quizá en todas partes hay juegos de poder, solo que sin medios de dominio evidentes como las armas.

El director del colegio se paraba en la escalera principal y desde ahí, con voz de campana y ojos de carlino, controlaba a los seis grados de primaria; sus pupilas gigantes eran apenas un anticipo del castigo para los desobedientes. El profesor de Inmunología en la facultad recurría a artes más sádicas: toma de muestras sanguíneas por principiantes a los últimos alumnos en presentarse a clase. Y su padre siempre fue de voz fuerte y manos rápidas para imponer su criterio.

Esos recuerdos no son amigables. Detesta la obediencia indiscutible y el condicionamiento. "¡Aquí valí madres!". Pone los ojos en el jefe, que mientras revisa el cañón de su AR-15 conversa con el Tanque. Este, con su cara aniñada, lo mira de soslayo. El Chavetas tiene los lentes sobre la cabeza y vigila todos los flancos. Nadie ignora que es el de más cuidado. El hombre del tatuaje de cruz platica con el rapado, ambos aferrados a sus armas, lejos del superior, el Tanque y el Chavetas, el trío que evidentemente concentra la autoridad.

Una ventisca rasguña los rostros. Instintivamente, Mariano se frota las piernas y los brazos. "No es por consolarme, es el frío", piensa, añorando su peor guardia en el hospital.

III

El transcurrir de las horas suma sed y hambre al frío. El grupo se mantiene en silencio para no gastar saliva. "Estos cabrones nos van a matar por deshidratación", piensa Mariano. Echa en falta la cantimplora que se quedó tirada cuando los capturaron, hasta los chorros que le resbalaban por la cara serían ahora un alivio. Evoca el frescor y saca la lengua para buscarlo. Nada. Bebería cualquier gota, incluso comería las ciruelas picoteada por los pájaros de su jardín. Se pregunta si sería capaz de morder un insecto. Sacude la cabeza para deshacer la imagen. Se convence de que pronto les darán algo y lo devorará aunque más tarde tenga que volver a ir al baño entre los árboles con el pedazo más miserable de papel que haya visto.

"No te quejes, aprovecha y no lo desperdicies, mejor hazte tus provisiones como nosotros", le dijo Pablo, con la experiencia de llevar semanas cautivo. Decidió seguir el consejo y planeó guardar los trozos de papel higiénico en las botas. Al sugerirle a Roberto que lo imitara, apareció en su pecho una sensación helada, se vio durante días en ese encierro a cielo abierto donde todo es amenaza: las armas, los ojos, las voces, el clima, la tierra y sus habitantes, el hambre, la sed.

"¡Qué puta suerte! Por qué no salimos más temprano o más tarde. Por qué nuestros supuestos amigos se fueron por su lado. Nos abandonaron. Debí haberme quedado en mi casa a estudiar". Da una patada en el suelo. El movimiento despierta a los compañeros. Lo miran con desaprobación. Solo los ojos de Pablo le ofrecen complicidad en vez de reproche. Supone que él adivina su desesperanza, que debió hacerse los mismos cuestionamientos y terminó conformándose para no desperdiciar energía. *Nothing is real but pain now*, resuena Metallica en su cabeza.

A media mañana el calor resulta insoportable bajo el toldo de plástico azul. La lengua hecha estopa de Mariano intenta atrapar gotas de sudor. Imagina que la próxima parada es en un riachuelo, que les permiten romper la fila, desprenderse del cargamento y correr al agua. Todos se sumergen. Beben bocanadas. Percibe su propia salivación y la paladea. Le sirve de tan poco que el río imaginario desaparece y crece la agonía. Se dice que el hambre es un modo de oprimirlos o que tal vez se les acabaron las provisiones y al día siguiente van a encontrar aunque sea una nopalera. "¡Muertos no valemos nada! ¿Cuánto tiempo nos van a martirizar?". Está acostumbrado a reducir el estrés con respuestas. Incluso en el hospital indaga sobre la vida de los pacientes para tener más explicaciones que las médicas. A veces el cariño es capaz de desafiar a la muerte; otras, es el odio el que fortalece los cuerpos, o la tristeza se vuelve sentencia a pesar de la precisión de los fármacos.

Solo él y el pequeño tienen los ojos abiertos. El niño dibuja con una rama sobre la tierra, traza rayas horizontales y verticales, juega gato consigo mismo. Mariano busca una vara e imita el entretenimiento del niño; arranca unas cuantas hierbas del suelo y delinea un rizo: sube, baja; sube y baja; se detiene, se vuelve espiral, después otro rizo, otro, siempre girando alrededor de la sed, del hambre, de la incertidumbre.

Cuando empieza a oscurecer, el Tanque entrega a los secuestrados un botellón de agua. Lo circulan con ansiedad. Los ojos del siguiente en turno cuidan el nivel del líquido. El padre ve el agua con desconfianza y el niño le jala la mano para beber mientras el resto dice, "Ya, pásala". Enseguida, las lenguas, húmedas de nuevo, se atreven a conversar sin acordarse del hambre. Mariano oye. Nunca le ha sido fácil intimar con nadie, y a pesar de que en ese momento las circunstancias generan un vínculo, él sabe que las buenas intenciones desaparecen ante la primera dificultad.

Al llegar la noche la vigilancia se relaja, el Chavetas es el único que ronda. Los demás oyen música en uno de los teléfonos, desentonan corridos, sueltan carcajadas y se pasan un carrujo de mariguana. De la oscuridad sale un motociclista con una bolsa azul: son tortas. El apetito de los secuestrados se exacerba con el olor de la comida, se oyen los gruñidos de los estómagos, aparecen remembranzas de donas sabor maple, de quesadillas con epazote. Mariano percibe el movimiento incesante de sus compañeros hasta la madrugada, cuando la mayoría cae rendida y él sigue peleando con las urgencias del cuerpo.

Es con la mente con la que suele luchar. Su cerebro recorre un mismo circuito hasta haberlo analizado milímetro a milímetro. Las piernas lo ayudan en esos peregrinajes. Tras enfrentar una crisis en el hospital o presentar un examen, necesita caminar hasta sacar la inquietud; lo mismo le pasa si en su casa hay un altercado, inmediatamente siente el apremio de moverse y huir de la incomodidad. Ahora no puede ni siquiera ponerse de pie sin exponerse. Su cabeza sola debe rescatarlo. De pronto comprende a los pacientes que se autolesionan: ansían encubrir otros dolores. Recuerda las prácticas que hizo con jóvenes maltratados. Allí vio brazos con infinitas cicatrices, piernas heridas, cabezas o cejas sin pelo y hasta uñas arrancadas, todo para que la piel le quitara atención a los dolores más recónditos. En ocasiones él mismo se ha lastimado los dedos al patear el deseo de desaparecer que se mete en su cuerpo como una bacteria oportunista cuando se siente saturado.

Dado que las estrellas brillan de nuevo en el cielo, supone que han transcurrido cerca de treinta horas cuando por fin les dan un paquete de galletas y otra botella de agua. Pablo divide las provisiones, reparte dos galletas por persona y guarda el resto. El taxista intenta arrebatárselo.

—Estate —dice el ensombrerado—, tú siempre de ventajista —añade, dispuesto a intervenir.

—Déjalo, Bernabé, no vale la pena —pide Pablo—. Las vamos a dividir después. —Sin alterarse pone el paquete a salvo.

Roberto devora mientras Mariano da mordiscos pequeños y mastica despacio, quiere convencer al cerebro de que ingiere una mayor cantidad.

Pasan dos días enteros bajo la lona de plástico, esta vez atada en triángulo a tres árboles; las horas de sol los hacen sentir plantas de invernadero, estáticas, húmedas, recibiendo luz y calor. Las noches, por el contrario, son demasiado frescas y los llevan a extrañar el bochorno que antes detestaron. El mayor consuelo en ese tiempo es otro paquete de galletas, ahora saladas, y lo almacenado por Pablo. Las raciones no disminuyen el hambre pero al menos reducen el temor a morir de inanición. Pablo parte la última galleta en diez trozos y reparte las moronas. También administra los sorbos de agua. Se lo permiten. Irradia confianza y es el encargado de transmitir los mensajes de los captores. De momento incluso el taxista respeta su parecer, aunque siempre está atento al tamaño justo de las porciones y al sitio donde se atesoran las reservas.

Los secuestradores dedican horas a oír narcocorridos. Mariano se entretiene con las letras. Son protestas o vidas musicalizadas: historias de éxito y muerte. Supone que el jefe y sus cómplices los oyen como si asistieran a una representación teatral en la que se ven retratados. El Tanque no debe tener ni veinte años, a él parecen haberle dedicado la estrofa *Y en el pueblo nada cambia, solo el hambre está más perra, yo busqué salida fácil, no aguantaba la miseria.* En cambio al Chavetas, por divertirse golpeando a la primera de cambio le queda bien *La neta de las netas, nos faltan gallos.* ¡Se siente muy gallito! Mariano almacena frases, verdaderos resúmenes de una realidad que lo alcanzó. En algún lugar cerca de Valle de Bravo está oyendo *Carga siempre un AR-15 y pa' usarlo no le piensa,* al mismo tiempo que tiene frente a los ojos esas armas. *Hoy se sentía en el ambiente que iba a pasar algo malo,* dice otro corrido que jamás había escuchado y que no le advirtió nada cuando se subió a la motocicleta. *Sí, mi compa, me regreso, hoy mismo desaparezco. Tengo mis motivos. La muerte anda suelta, anda tras tus pasos.* Eso pudo haber pensado el del tatuaje al grabar en su brazo una cruz. *Pero algunos servidores se han pasado de canijos, no tienen perdón de Dios. Por Sonora y Sinaloa, por Colima y Michoacán,* sigue cantando el comando entre caladas a los churros y tragos de cervezas que aparecen por arte de magia, como la comida que traen en menos tiempo de lo que Mariano calcula que demorarían en llegar a alguna población. "Tenían un séquito de secuestrados pero por pachecos se descuidaron", quisiera cantar. "A los cuatro días los salvó la federal", imagina su propia composición al ritmo de la que sale de los celulares.

Fantasea con ver la cicatriz del Soldado tras las rejas, con carearse con cada uno de sus verdugos, con que se haga justicia. Vislumbra el juzgado del Reclusorio Oriente, al que fue cuando asaltaron el hospital a medianoche. Ahí, él y sus compañeros firman una denuncia. "¿Y si se les escapa el Chavetas o el tatuado?". Prefiere imaginar una rebelión: esperan a que los secuestradores se duerman, los desarman e invierten los papeles, les quitan los teléfonos y los radios, los dejan amarrados a los árboles, y... si se los come una pantera, mejor. ¡Mucho mejor! No sabe si hay panteras o jaguares en los alrededores, pero en su mente recrea los pasos sigilosos del felino, el terror en los rostros de los hombres, el salto definitivo del animal con las fauces abiertas. Disfruta sus ensoñaciones aunque se da cuenta de que son demasiado improbables. Está en un territorio hostil y desconocido capaz de tragárselo a él.

IV

Los despiertan los jaloneos y patadas que el Chavetas reparte como si intentara mover costales de cereal o café.

—Órale, párense, güevones —se ensaña con dos de los secuestrados—. Ya se van, o qué, ¿se encariñaron con el monte? —los golpea con el rifle.

El resto de los cautivos se repliega, rodea sus piernas con los brazos y esconde la cabeza para escapar del campo de visión del secuestrador. El intercambio de mensajes en los radiotransmisores evidencia que llegó la liberación de dos de ellos. Como el Chavetas se niega a desperdiciar los últimos maltratos, reafirma las órdenes del Soldado con empujones y culatazos. Obliga al par de hombres a hincarse nada más por el placer de verlos temblar.

A los seleccionados los alistan para partir: les amarran las manos, los colocan uno tras otro. Ninguno se queja. La posibilidad de recuperar la libertad minimiza cualquier incomodidad.

El taxista se lanza sobre las pertenencias abandonadas: un cobertor, una gorra y un envoltorio con tres cuadros de papel de baño. Pablo le dirige una mirada rencorosa pero no dice nada. Mariano adivina que los bienes le correspondían. Ahora es quien más tiempo ha estado secuestrado y hace la función de cabeza del grupo. Se sienta a su lado y se entera de que esa manta es el único pedazo de tela que les dieron cuando eran pocos.

—Con razón le rompieron la nariz a este tipo —dice Mariano, refiriéndose al taxista.

Pablo asiente. Roberto se les une y entre los tres intentan contarse una historia lógica. Según ellos, al jefe le llaman Soldado porque realmente formó parte del Ejército; es posible que también el Chavetas haya sido recluta.

—Lo han de haber jodido hasta sacarle brillo a su parte más negra —dice Mariano, y apoya la barba en las piernas flexionadas.

—O en su casa le quemaban los huevos de chiquito —los hace reír Roberto.

—El Tanque es menos hijo de la chingada, péguensele —aconseja Pablo y junta broza en busca de una almohada.

Mariano, acordándose de *Yo busqué salida fácil, no aguantaba la miseria*, dice que sin duda al Tanque lo agarraron en algún pueblo y se lo llevaron ofreciéndole el dinero que nunca había visto. Los demás asienten, concuerdan en que el desempleo es el seminario de la ilegalidad y en que están en manos del crimen organizado. Lo que no acaban de decidir es si el secuestro es un *modus operandi* habitual o si lo inauguraron hace poco tiempo con tanto éxito que se engolosinaron. En opinión de Pablo ellos deben ser como la tercera o cuarta captura en la zona.

—Estos cabrones se ven muy seguros. Son profesionales y andan sueltos porque las autoridades no sirven para nada —sentencia Roberto y se truena los nudillos.

—A ver si no los atrapan, se me hace que no midieron la fuerza de su enemigo. Los dueños de las casas alrededor del lago van a armar escándalo. Imagínense, no pueden descansar a gusto si están cagados de miedo —dice Mariano, pensando que pronto los soltarán a todos—. Es buen indicio para nosotros que en los últimos días no hayan agarrado a nadie más.

Todos coinciden. Piden que las palabras de Mariano sean verdad. Se establece un largo silencio y la mayoría cierra los ojos, pretende dormir.

El Soldado habla por teléfono. Espera la vuelta de sus secuaces con la paga tras haber corroborado que la doble liberación transcurrió sin inconvenientes. En cuanto cuelga, prende un cigarro e inicia una partida de dados. Se le ensancha la sonrisa. Va ganando.

Unas horas después una capa de nubes negras libera su carga sobre el campamento. Los capturados corren a refugiarse bajo el toldo. Aunque el plástico azul está colocado a un metro del suelo, se mojan. Han deseado el agua como el mayor tesoro y ahora que les llega a raudales se vuelve una atrocidad más. La sequía los mantenía limpios, en cambio el lodo se pega a la ropa y la humedece. Los cuerpos, sentados, tiritan en busca de calor. De pronto se oye un grito del Chavetas: "Ese pendejo". Aparece con un periódico en la mano, se dirige al padre de los ojos azules, le apunta con el AK-47. El hombre se para delante de su hijo.

—¿Qué pasa? ¿Dónde está la lana? —pregunta el Soldado.

—Se la dejé al jefazo y ahí está nuestra paga —responde el Chavetas y señala un bulto que carga el rapado—. La familia de este culero la armó de pedo —añade, jalando al padre del brazo.

Los ojos del Soldado parecen la mira de una escopeta. El resto quisiera leer la noticia, saber qué se dice del secuestro. El niño llora, se tapa la cara para no ver cómo golpean a su padre. Mariano se acerca, lo cubre con el brazo e intenta apartarlo, pero en un segundo uno de los sicarios se lo arrebata.

—Los escuincles también pagan las pendejadas de sus familias —el rapado lleva al niño junto a su papá y regresa al toldo por Mariano—. Este anda de metiche así que igual le toca.

Lo colocan de rodillas al lado del chiquillo y su padre. El niño tiene el labio partido por un bofetón: en su carita se amalgaman lodo, lágrimas y sangre. El pelo del papá está teñido de un rojo intenso que escurre sobre su rostro. Mira al hijo con una sonrisa cautelosa, intenta demostrarle que está bien. Mariano recibe un culatazo en la nuca. Pierde el equilibrio. Resiste a gatas. Intenta incorporarse. Una patada en el costado lo tira y en el suelo sus labios se abren en busca de aire. Permanece inmóvil.

—A este lo podemos usar de mujer por puto, miren, se queda tumbado dándonos las nalgas —dice el del tatuaje de cruz.

El cuerpo de Mariano se vuelve en un parpadeo. Se sienta, y así, sobre la tierra, se arrastra hasta un árbol, se pega a él. No sabe cómo lo ubicó ni adónde se fue el dolor, solo entiende que debe protegerse. Ve dos pares de botas y enseguida descubre cuatro ojos burlones, más bien sádicos.

—Seguro te gusta —le dice el hombre del tatuaje entre risas.

Ambos sujetos tiran de sus brazos, pretenden volver a tenderlo bocabajo. Él se retuerce, necesita zafarse. El Chavetas se acerca y le sostiene un tobillo con las dos manos, quiere ayudar a los compañeros que siguen escupiendo atrocidades.

—Ya, putito, ni que fueras nuevo, luego se ve que te gusta.

—¡Déjense de pendejadas! —grita el Soldado —, recojan todo y vámonos. Nos van a traer jodidos por culpa del pinche güero, pero ahora sí van a saber lo que es moverse en chinga y el cabrón desteñido va a cargar hasta partirse la madre, si no aguanta, lo relleno de plomo. Tanque, organízate a estos desmadrosos.

Los sicarios sueltan a Mariano, lo dejan en el piso después de patearlo por el fin anticipado de su juego. Él se levanta y se resguarda bajo la lona entre Pablo y Roberto. Para serenarlo, le palmean la espalda. Evita el contacto. Las risas de los secuestradores lo enfurecen. Cierra los puños hasta dejarse las palmas blancas. Quisiera golpearlos a todos y después correr. Toma una bocanada de aire cuando el Tanque por fin indica: "Quiten el plástico, agarren los fardos y empiecen a caminar".

La noche está por caer y sigue lloviendo. Con el campamento a cuestas, los cuerpos empapados inician un andar de pasos ciegos; no distinguen sobre qué avanzan ni hacia dónde se dirigen. El lodo oculta raíces, zanjas, piedras; el agua ahoga las voces del bosque. Pablo intenta ayudar al padre y a su pequeño, el taxista se cubre con el cobertor, Bernabé va al amparo del sombrero, Roberto camina junto a su amigo y Mariano da más zancadas con la mente que con los pies: "¡Qué puto susto! Pero lo que dijeron... eso que gritaron". Le resuenan las palabras que lo hicieron salir de sí mismo para cargar su cuerpo y ponerlo a salvo. Aquel *Te gusta* lo incomoda. Se repite como tortura. Una sonda sonora bucea en él. Oye un "Te gusta, te vi tocarte". Su respiración se entrecorta. Un "Te gusta, voy a hacer que te guste más" abre un entorno remoto en el que las palabras que lo martirizan cobran sentido.

Está en el asiento corrido de un auto. ¿Gris o azul claro? Plomizo. Más azul que gris. De terciopelo. Suave. Las farolas de la calle resplandecen. Hay luz en muchas ventanas pero no cerca del coche detenido al lado de una barda blanca, tal vez crema, con letras garabateadas. Usa los pantalones cortos de deporte. Va en el lugar del copiloto. Una mano de uñas cortas suelta el volante. Se amolda a su rodilla desnuda, la acaricia. Sube poco a poco hasta la entrepierna. "Te gusta". Los dedos escarban bajo el uniforme. "Voy a hacer que te guste más". Entran al calzoncillo. Rozan un testículo, tocan el otro. Se aferran al pene. Lo manipulan.

Él mira desde arriba. No está adentro de aquel cuerpo niño, sino que flota en el aire del coche y la que percibe las sensaciones es su piel adulta. A pesar de tener la boca llena de asco advierte un abismo en su interior.

La imagen lo acosa, le sugiere una idea que no puede enunciar ni para sí mismo. Está en medio de un bosque, camina en el lodo escoltado por fusiles AR-15 y AK-47, todavía no distingue unos de otros, y lo que verdaderamente lo aterra son las imágenes de otro tiempo que le sacuden el cuerpo. Unas lágrimas llegan hasta sus labios, con ellas se bebe un desengaño absurdo, casi ajeno. El camino se vuelve intrascendente. A trompicones avanza al pasado y caer es imposible cuando se está en el vacío.

Cesó la lluvia pero los árboles siguen goteando y el fango anega las pisadas que ya duran horas. Las ampollas en los pies, las botas incrustadas en las pantorrillas, el frío y el lodazal provocan que caiga el padre. De inmediato se detienen todos, los cautivos temen oír una ráfaga de disparos.

Solo entonces Mariano se da cuenta de que Roberto carga al pequeño, de que está a punto de amanecer y de que él no sabe quién es. El recorrido a la noche de su infancia desmoronó sus seguridades. Si alberga recuerdos olvidados de esa magnitud también puede guardar otras sorpresas. Pone en duda la visión, se pregunta si son recuerdos o si su mente lo está sacando del calvario presente. No puede haber sido una... La palabra se le atraganta. Escupe. Escupe la impotencia de recordar una vez tras otra, de haber estado en ese auto una vez tras otra, de volver a estar en ese preciso instante, de encontrarse entre sicarios que reiteran su papel de eso que se niega a haber sido. "¡Chingada palabra! No es para mí. ¡Puta madre!, aunque lo deteste fui una... víctima". La palabra se desliza entre imágenes que le gritan una verdad innegable.

La orden de "Órale" en voz del Tanque le hace ver al padre de pie, rodeado de tres miembros del comando que juegan con su miedo, como aquel chofer se entretuvo con su ingenuidad. El niño baja de los hombros de Roberto; está aterrado, teme por la vida de su papá. El Soldado descarga un culatazo en el estómago del padre.

—Si tu vieja es muy macha para joderme con periodicazos, tú vas a tener que ser muy hombrecito para aguantar. No te perforo porque no te la voy a hacer más fácil. Que siga caminando —ordena.

Mariano observa el rostro deforme del papá y espera el reinicio del avance para ayudar al niño.

—Lo cargo yo —le dice a Roberto.

El chiquillo apoya la cabeza en su hombro. En realidad es demasiado grande para llevarlo en brazos, debe tener aproximadamente ocho años. El pelo es más rubio que el suyo. Se parece al de Alonso, su hermano menor. Posa la mejilla en la cabellera dorada. "¿Cuántos años tenía yo?". Se esfuerza por ubicar el tiempo de las memorias repulsivas. Fue cuando sus abuelos se acababan de mudar al departamento de la Condesa.

En el cuarto de la abuela ve la televisión con sus primos. Las caricaturas. Son dos o tres sobre la cama y uno más en el piso. Alguien llama y sus ojos se cruzan con los del chofer que pregunta por la señora. Él, en un milisegundo, retira la mano de su pene. No se había dado cuenta de que estaba ahí. Gira para dar la espalda a la puerta y a la vergüenza.

El peso del niño hunde sus pisadas en el fango y a la par las sumerge en un pasado lodoso. No nota su pulso acelerado ni el esfuerzo simultáneo de cargar al pequeño y batallar con el barro. Se concentra en descubrir cuánto tiempo pasó entre un recuerdo y otro. Los conecta sin dificultad. "¡El muy hijo de puta usó lo que vio!". Enseguida aparece otra imagen.

Llegan del entrenamiento de futbol. Se estacionan en el garaje, al lado de una columna de concreto con una franja amarilla. Hay poca luz, apenas la que sale del cubo de los elevadores. "Te vi tocarte. Mira, así se hace". Las uñas cortas bajan el cierre del pantalón café. Sacan un falo enorme y oscuro. Lo envuelven con movimientos rápidos. "Yo sé que te gusta. Ahora te toca a ti".

Mariano se estremece al darse cuenta de que aquella fue la primera vez. Un guiño cómplice bastó para rendirlo. El chiquillo rubio cambia de posición, casi trepa por su pecho para sujetarse bien. Sí, un gesto acusador y unas palabras comprometedoras llenaron de obscenidad sus manos y de culpa su ser.

"Entonces, cuando los abuelos se mudaron de la casa de la colonia Del Valle al departamento debía tener… Cómo quisiera poder preguntarle a mi mamá en qué año fue el cambio, o a una de mis tías. Cuando la boda de Laura, para la que me compraron el primer saco. No, eso fue después. Ahí ya no estaba el degenerado y yo tenía once o doce años. Debe haber sido cuando mi primo Javi acababa de nacer. Me la hicieron de pedo por levantar un chupón del suelo y ponérselo en la boca. Yo tenía… nueve o diez. Era casi como este niño".

Mariano siente que le pesan más sus órganos que el cuerpo que carga. Con la seguridad de haber tenido apenas uno o dos años más que el chiquillo, se imagina liviano, frágil, con las mejillas tan tersas como la que reposa en su cuello, y siente náuseas. Está a punto de detenerse. Se pasa al niño a la espalda. Escupe una saliva espesa, verdosa, amarga.

V

El orden de los días cambia, tanto los captores como los secuestrados viven perseguidos. Por momentos Mariano tiene la impresión de que tras ellos corren las letras del periódico que agitó el Chavetas, la esposa denunciante, el Ejército completo, y más rápido, más de cerca, los recuerdos que lo acosan.

Ahora caminan las noches enteras y descansan pocas horas por la mañana. Ya no encienden fogatas ni amarran lonas. Los secuestradores son cabras monteses, se mueven como si pudieran asirse a las piedras con pezuñas y fueran inmunes al veneno de las arañas o las víboras que encuentran en ese vasto territorio donde ellos son los intrusos.

Pocas veces oyen narcocorridos, y aunque la comida continúa llegando inesperadamente, es escasa y nunca se calienta. A Mariano le sigue pareciendo inverosímil que surja de pronto un motociclista con unas *pizzas* o una canasta llena de guisos; en cada ocasión se pregunta de qué poblado viene, si el nombre le resultaría familiar o lo ayudaría a saber dónde está. Se cuestiona también de qué tamaño son los contactos del Soldado.

Su cuerpo y el de sus compañeros cada vez lucen más delgados, las diminutas porciones no compensan el incesante andar.

Las costillas resaltan en los torsos, los pómulos sobresalen, los brazos se asemejan a los que aparecen en fotografías de niños mal nutridos y la piel empieza a plegarse. "¡Cada día estamos más cerca de las momias de Guanajuato!".

Hace dos días se llevaron al taxista, dijeron que lo iban a soltar en una localidad cercana si les tenían el rescate. Se fue entusiasmado. Antes de que empezara la persecución, llegó a temer que lo retuvieran por serles útil. Le preocupaban los elogios a sus habilidades por reparar dos celulares. Iba deseoso de encontrar a su esposa embarazada.

Pablo debió resignarse una vez más. Lo brincaron de nuevo y está convencido de que la razón es, en efecto, su utilidad. Incluso le confesó a los demás que temía ser el último, que el Soldado lo veía como una herramienta, como una combinación de contador particular y pacificador. "Una calculadora con música tranquilizadora por ayudar con la nómina y los repartos", dijo, procurando no perder el sentido del humor.

Sin detener el paso, Mariano mira a Pablo con lástima y alivio. Él no quisiera quedarse solo entre puros delincuentes y prefiere tenerlo cerca. No se ha atrevido a preguntarle si sus familiares pueden pagar el rescate. Odia la idea de que la eficiencia se convierta en condena y también que el dinero pague la sobrevivencia.

En su casa jugó el papel del bien portado y se volvió un instrumento eficaz pero poco visible. Sí, fue un Pablo mientras su hermano hacía de taxista simpático. A él le correspondió mantener el orden y a Alonso le tocó el privilegio de romperlo. "¡Los pinches roles!", se dice, recordando que en el hospital también le asignan las guardias más complicadas. "Hazte de fama y échate a dormir", diría su madre. "No saques la basura el primer día o la sacarás toda la vida", le dijo, demasiado tarde, el responsable de integración clínica.

Acordarse de su familia acrecienta el desasosiego; en el papel de hijo mayor descubre algunos gérmenes de victimización, pero al mismo tiempo se preocupa por la incertidumbre que están viviendo sus padres. Imagina el llanto de su mamá, el rezo continuo de sus labios con las manos prendidas al rosario de plata que guarda en el buró. También sabe a su papá atado al teléfono, esperando una llamada, aturdido por las negociaciones y recurriendo a cuanto conocido pueda para salvarlo y lograr que regrese a casa. Cada noche deben lamentarse al ver mi cama vacía. "Desde cuándo me hubiera gustado vivir solo, lástima que la medicina no da para pagar una renta. Sería más fácil para ellos si no resintieran a diario mi ausencia".

—La próxima te toca a ti —le dice a Pablo con un codazo animoso. Ya varias veces él ha recibido su apoyo—. Que nos toque a todos pronto —añade Mariano sin convencimiento.

Nada a su alrededor le infunde esperanza en esos montes interminables; la muerte lo circunda todo. El más frágil es el padre; su estómago no resiste las intermitencias del alimento y tanto deterioro solo puede acabar en su muerte o en apresurar la entrega. Le ceden la cobija para evitarle un resfrío y aligeran su cargamento. Él agradece con los ojos azules encapotados. El chiquillo ya no permite que lo levanten en brazos, prefiere servir de apoyo a su papá. Cada vez habla menos y no se queja. Mariano lamenta sus largos silencios: en ellos se solidifica el dolor. Ve la manera en que las pupilas claras del pequeño se detienen en las humillaciones, percibe las respuestas del cuerpecito a los cambios de humor del Soldado y nota cómo sus oídos registran los insultos o están atentos a cualquier silbido. Cada movimiento, cada palabra se está guardando en su memoria.

"¿Será capaz de borrar toda esa porquería? Yo ya no puedo olvidar ni el pasado ni el presente. ¿Es mala suerte, karma, o qué carajo? Cuando nos atraparon pensé que me había metido a una propiedad privada. Me eché la culpa, como siempre, y todavía saludé. Nunca aprendí a decir 'no' claramente".

La falta del monosílabo lo aflige incluso más que las botas y los piquetes de los jejenes que le deforman el cuello. Lo subieron al Jetta blanco a punta de pistola; sin embargo, nadie lo encañonó para quedarse quieto en el asiento de terciopelo. Nadie lo forzó a poner las manos sobre un pene grande e hinchado.

En aquel auto azul se convirtió en cómplice. "¡Participé! Así de fácil".

Ese Ernesto, porque se llamaba Ernesto, no lo amenazó, no lo golpeó como hace el Chavetas, simplemente congeló todas las negativas posibles. Todas. Solo hubo asentimientos. Sucumbió muchas veces. No sabe cuántas. Intenta hacer un cálculo. Busca referentes que le indiquen la duración de aquel tiempo suspendido.

En lugar de respuestas llegan más imágenes asfixiantes: su mano aprisionada por una de mayor tamaño que la obliga a deslizarse sobre el miembro oscuro. Un anillo lastimándole los dedos. Un líquido blanco, viscoso, escurriendo entre ellos. El recuerdo aparece acompañado de un estrujamiento. Sacude el brazo para alejar esa huella corporal. Es la memoria de la piel. La angustia se intensifica cuando emerge otra imagen y la cabeza siente un roce... El ahogo lo obliga a detenerse, lo dobla, y así, encorvado, percibe la mano de uñas cortas acariciándole el pelo para forzarlo a inclinarse sobre ese gigante que vomitaba semen. Su garganta se satura como se saturó. Su boca traga lo intragable. Engulle todos los "no" que tenía que haber escupido.

"¿Por qué? ¿Por qué tantas imágenes? Por qué no pasó una vez y después grité 'No' o 'Auxilio'. No dije nada, a nadie. Me calló con ese 'Te gusta' reiterado hasta el cansancio. Esa fue el arma con la que apuntó el puto degenerado. Unas simples letras me amordazaron".

Llega el momento de un descanso. Mariano se quita las botas y masajea las pantorrillas sin preocuparse por reventar más ampollas: las punzadas le quitan presencia al pasado que, según él, ya no debería torturarlo, pero que reaparece como si hubiera salido del último recoveco de la memoria para acomodarse en el centro de los pensamientos. Carga nueve años en un cuerpo de veintisiete que tampoco puede decir "No". Se odia. Detesta al depravado que lo utilizó. ¿Dónde estaban sus padres, sus abuelos, todos los que no notaron nada, ni las comisuras de su boca reventadas? "¿Y si el pasado vino a reunirse con este secuestro solo para rendirme? ¿Si este fuera el fin? ¿Y si la vida me regaló dieciséis años de olvido pero ya es momento de ajustar cuentas?". Ruega haber llegado al final de los recuerdos.

El Tanque lo saca de sus cavilaciones al ver las llagas y le dice:

—Esas botas de moto no son para caminar.

—Ya fueron porque no hemos parado —responde Mariano.

—Mira estas chanclas. ¡Tenlas!

Mariano extiende el brazo para tomar las sandalias que le ofrece el sicario.

—Tampoco son lo mejor, se necesitan botas cortas como las mías, pero...

—Gracias.

Quisiera tener otro par para Roberto, está tan lastimado como él. Por un instante se siente tentado a ofrecerle las chanclas al amigo. Prefiere ponérselas. Ya verá si las comparte o qué. Si no empleó una negativa cuando debía, no la va a utilizar ahora para sufrir más. "¡A la chingada! ¡Pinche mutismo!". De pronto siente que no había alternativa. El silencio pudo haber sido un cofre para lo indecible, para guardar lo que jamás debió ocurrir. O unas chanclas para atravesar la rígida espesura de ese tiempo.

VI

Por qué se tragó lo que pasó. Ocurrió y no hubo forma de sacarlo. Lo escondió en el pozo oscuro destapado por los secuestradores. Si le hubieran preguntado: ¿guardas un secreto?, habría dicho que no. Lo tenía. Cerró la boca y despistó a los recuerdos. ¿Fue por miedo a los juicios, a los reproches, a las preguntas? No le daría pena contar lo que está viviendo. ¡No es lo mismo! Si por lo menos en aquel tiempo hubiera movido la cabeza para negar, si hubiera intentado zafar la mano o no despegar los labios. Sabía que estaba horriblemente mal. Y pasaba de nuevo sin que dijera: "No quiero subir al coche, que no me lleve él". ¿Es que… lo disfrutaba? No. No. Pero hablar es ponerse frente a un reflector enorme. ¿De niño se daba cuenta de eso? Tal vez. Temía el enojo, los reclamos. La única forma de borrar el azul del terciopelo de las vestiduras y el cierre abierto de los pantalones fue tapiando el clóset de las vergüenzas hasta que el hombre se fue. Incluso después de su renuncia.

Mariano rememora el pesar de sus abuelos porque un empleado de tantos años abandonaba la casa. Había trabajado antes para sus bisabuelos y era muy querido por la familia. Es más, recuerda una fotografía en el librero de sus padres: el chofer junto a unos baldes de pintura. "¿Cómo carajos pudo estar ahí sin que me dieran ganas de romperla? A lo mejor porque el degenerado se ve más joven en la foto y en mi memoria los cachetes le cuelgan como si fueran de *bulldog*. ¿Cuántos años tendría el hijo de puta? Debió ser de la edad de mis abuelos. Yo, nueve; mis papás, treinta y cinco, más o menos, y mis abuelos, sesenta y tantos. ¡Un viejo!". Al saber que no volvería a verlo experimentó un alivio inmediato. Eso cree. ¡Eso tiene que haber sido! Aunque la misma voz que lo torturaba le daba ánimos y la mano que lo avergonzaba también lo protegía. Le estorba pensar que callar pudo haberlo salvado de muchos ojos, pero al mismo tiempo lo expuso a la repetición. Aborrece la repetición. Le grita estupidez, sometimiento. Todo eso que lo asalta de nuevo en la selva o bosque o lo que sea que camina sin descanso.

Tantos días de andar los han alejado de la lluvia y el frío, el aire es más cálido, los pinos y oyameles quedaron atrás. Ahora avanzan sobre una vegetación densa pero más variada; aparecen cactáceas, árboles de caoba, encinos frondosos recubiertos de flores trepadoras, ocotes y veredas trazadas por pasos esporádicos. El contingente no las sigue, opta por resguardarse bajo el follaje e ir haciendo su propio sendero.

Las chanclas que el Tanque le dio a Mariano agilizan su andar aunque los jejenes y otras alimañas devoran sus dedos. Él procura extraer el veneno con el calor de cualquier fierro expuesto al fuego del encendedor que le presta el Tanque, así disminuye el ardor y el picor. No se queja. No tiene sentido, los lamentos despiertan el ansia represiva del Chavetas.

Van en silencio para conservar el aliento. El padre es una osamenta decidida a no rendirse, sigue las pisadas de su hijo. Pablo se va esa tarde, por fin parece que se pactó su entrega. La pérdida genera sentimientos contradictorios en el grupo, les da gusto la alegría del compañero y les entristece su partida: él ha sido como un padre cuya sola presencia da seguridad. Lo opuesto del taxista al que nadie echa de menos. Ya nada más van a quedar Roberto, Mariano, el padre, el chiquillo y Bernabé, que se cubre con su sombrero como si la paja pudiera aislarlo de los peligros. Descienden en fila por una colina; se aproximan a una población que ni siquiera ven. El Soldado se detiene bajo unos árboles de Palo Santo y ordena a los secuestrados que se sienten y se mantengan juntos.

A Mariano ya le son habituales la llegada de refuerzos y las precauciones que toma el jefe para hacer los intercambios. Sabe que aguardarán hasta que regresen el Chavetas, el tatuado y el pelón con la parte del rescate que les corresponde. Mientras tanto, el Tanque les indicará a los sustitutos sus tareas de vigilancia. Mariano espera de corazón que los captores vuelvan satisfechos: significará que Pablo fue entregado. Con pesar se despide de él. Se prometen volver a verse en otras circunstancias, le ruega que avise a sus familiares que está vivo, que los tranquilice. Roberto y el padre también dicen adiós, aunque sin mucho entusiasmo. Los dos están cada vez más pesimistas. Mirar al papá y al hijo enternece y subleva a Mariano. No deberían invertirse los papeles. El hombre tendría que ser un Tarzán capaz de encontrar la liana perfecta para hacerlos volver a casa. Todos los papás deberían ofrecer seguridad. Nunca miedo. Nunca desesperanza. Con ese deseo en la mente Mariano se instala en el baño del departamento de su infancia.

Las paredes son de azulejo verde pálido. Como él y su primo están aburridos deciden hacer flotar unos barcos de papel en el lavabo. Descubren en el botiquín un bote de talco, y en un dos por tres se inicia una guerra. Se arrebatan el tarro para disparar nubes de polvo que van nevando los muebles, el piso y hasta el lago de sus barcos. En medio del temporal aparece su papá furioso por el desperdicio y la suciedad. "Mira, es nieve", dice el primo, y ambos ríen con las caras blancas y el pelo de ancianos. "Paren", grita el padre arrebatándoles el talco. Manotea primero al aire para despejar la lluvia polvosa y después reparte nalgadas para extinguir el navegar de la imaginación y las caras sonrientes.

"La travesura terminó en gritos, madrazos y castigo. Mi papá, en lugar de ver un lago congelado y una simple tormenta de nieve, se quedó en su manía por la obediencia y la perfección. No se le ocurrió que con ponernos a limpiar o descontar el talco de mi domingo hubiera sido bastante. Y a él tenía que haberle contado eso que pasó y yo no puedo tragarme ¿Si hubiera tenido otros papás habría podido hablar? Un papá más accesible. Una mamá menos muerta de pavor. ¿Y por qué no logré protegerme solo? Tenía menos de diez años. Mi cuerpo es mío, yo era el único capaz de salvarlo, de correr, de pedir ayuda. No hice nada".

Para ver perderse a lo lejos la figura de Pablo escoltada por dos de los captores Mariano se recarga en un árbol. Se siente solo. Tan solo como de pequeño. Resbala la espalda sobre el tronco hasta quedar sentado. Se sientan él y el niño de nueve años: el ayer y el hoy se confunden. En su cuerpo están todos los tiempos amasados por la angustia. Ha habitado dos veces fuera de su vida. En aquel auto no era el que jugaba futbol, iba a casa de los compañeros o a los días de campo con su familia. En esa selva no es tampoco el Mariano que estudia ni el que hace prácticas en el hospital o sale al cine con amigos. En los recreos o en los recorridos en bicicleta no cabían las manos de uñas cortas. No encajaban ni como recuerdo ni como confesión. Imposible. Casi tan absurdo como hablar en una cena, en la que todo el mundo espera divertirse, del hambre y las migajas de galletas que han tenido que repartirse. "Todo el mundo no soy yo, nunca he sido yo". Otra vez el estúpido sentimiento de no encajar en ninguna parte. Su interior se vacía. Es un puro esqueleto conteniendo el ahogo y los reproches a un viejo asqueroso, al mundo, a él mismo. Mira al padre, a Roberto y por su mente cruza la idea de atacar al Soldado para que lo maten de una vez. Enterrar ahí la memoria y la espera de la muerte. ¿Por qué no? Un aguijonazo lo alienta pero se disuelve enseguida. Es incapaz. Quiere acabar con los días de secuestro, estar en otra parte más que morir.

Detesta la ausencia de Pablo que aumenta su vulnerabilidad.

"¡Ya! De que puedo, puedo".

Al anochecer, los grillos y las chicharras instalan una orquesta, los mosquitos corretean en el aire, sobre hilos brillantes se deslizan arañas y uno que otro murciélago bate sus alas. Con la vista fija en el tejido arácnido, Mariano aguarda el regreso de quienes escoltaron a Pablo. Si la telaraña fuera esa selva, él sería la palomilla atrapada. La diferencia es que los secuestradores no son caníbales, prefieren billetes para pagar comida mala, armas, teléfonos y mujeres que poco pueden disfrutar. Los oye hablar con ellas, prometerles un montón de dinero y visitas. Está seguro de que les hacen llegar la quincena a pesar de tanto desplazamiento. Los celulares y los radios son tan importantes como los rifles; gracias a ellos tienen provisiones o llegan los refuerzos que el Tanque controla. Por suerte al Soldado le gusta tenerlo cerca debido a sus habilidades con la gente y las cuentas; aprendió de Pablo y ahora reparte la nómina. Una fortuna, en opinión de Mariano, que ve los fajos de billetes cada semana. Sabe que las enfermeras y los camilleros no ganan eso. "Quizá los residentes, y después de años de preparación, no como estos salvajes que ni siquiera hablan bien. Ni falta les hace, con las pistolas se dan a entender. Pero para pagarse tanto necesitan un chingo de rescates, droga, o extorsionar diariamente a tenderos y campesinos. Total, que somos las palomillas aunque no quieren matarnos, nada más desangrarnos. Son vampiros en lugar de arañas. El Tanque es un vampiro joven, recién mordido".

Horas después llegan los dos emisarios solos con una mochila nueva: el rescate. La libertad de Pablo. Mariano agradece que en apariencia todo haya salido bien. Probablemente él ya abrazó a su esposa, piensa. El Soldado festejará un rato, se dará el lujo de oír algunos corridos y de fumar mientras juega unas partidas de dados con su gente. Después será momento de reiniciar el camino. Por lo pronto Roberto, el niño y él miran las estrellas. Bernabé se tapa la cara con el sombrero. El padre duerme y nadie lo molesta, debe reponer fuerzas antes de volver a los andares nocturnos.

VII

Al clarear, los despierta la voz urgida del Soldado. Da órdenes sucesivas: "Cúbranse, métanse abajo de cualquier matorral, nada de pendejadas". Solo entonces oyen la cercanía de unos helicópteros. Roberto y Bernabé arrastran al padre hasta la ceiba frondosa bajo la que ya se esconden Mariano y el niño. Se miran unos a otros, los rostros demudados indican que quisieran hacer señales con los brazos en alto, ser rescatados por esas aeronaves demasiado lejanas.

En realidad no lograrían aterrizar antes de que la sangre de cada prisionero alimentara los mezquites y los criminales se protegieran en un refugio insondable.

Los montes han sido su casa por generaciones; sus abuelos y tatarabuelos trabajaron ahí, en las cuencas cafetaleras, mientras sus padres jugaban carambola con bayas rojas y amarillentas arrancadas de los árboles. Después llegaron dos plagas: la roya, el hongo güero, que les robó la herencia de recolectar café, y el libre comercio, con sus bajos precios, que acabó por alejarlos de los también enfermizos cultivos de sorgo, limón o maíz. Los nietos de aquellos cafetales andan armados y comercian goma de opio en lugar de costales de grano. El mundo va más aprisa: no hay tiempo para ver germinar los frutos. La amapola pide menos paciencia; es silvestre, poco rejega y ama las laderas. Resulta tan hábil como sus mercaderes, ambos se sienten cómodos en los cerros, a expensas del clima.

Un helicóptero, al perder altura, sacude el follaje. El Soldado se oculta entre los setos y exige a los demás que se peguen a los troncos. Los cuerpos suman grosor a la madera en tanto la tierra enturbia el aire. El aparato se eleva, va a dar alcance a su pareja de reconocimiento.

—Cada vez que se acerquen esos pájaros del demonio se me esconden en chinga. ¿Entendieron? —ordena el Soldado.

—Ya saben que no les queda de otra —responde el Chavetas, apuntando a los cinco secuestrados inmóviles bajo el árbol.

Todavía se oyen a lo lejos los rotores. Mariano se deja caer al suelo. Era el Ejército. Él pudo ver los trajes de camuflaje, los cascos, el armamento negro y largo. Sin embargo, los militares no lograron distinguirlos bajo la espesura. El Soldado se salió con la suya; los montes son el traspatio de su casa y se mueve a ciegas en sus pasadizos.

Un uniforme lo salvó una vez. No ahora. Rodeado de vegetación y desde lo alto fue más invisible que de niño. En pleno día el helicóptero resultó apenas una luciérnaga comparado con el fulgor de la patrulla policiaca que lo liberó de la oscuridad de un callejón, de la oscuridad de aquel auto de asiento corrido que lo hostiga.

Emergen en la mente de Mariano destellos rojos y azules. Una torreta centellea y cubre de luz el auto. A su lado, la cara de *bulldog* exige silencio, mientras la mano de uñas mordidas guarda el hongo venenoso en el pantalón. El viejo baja. Habla con un agente. Él no siente miedo. Ya no flota ni mira desde lo alto. Está sentado sobre el terciopelo azul. Solo. Observa por la ventanilla. El policía se acerca. Le habla. "¿Adónde vas? ¿Qué haces aquí? ¿Estás bien?".

"A mi casa. Iba a mi casa". No dice más. Sus hombros suben y bajan para expresar un "no sé" bajo la mirada intimidatoria del chofer. Las pupilas tras los lentes de su verdugo son infinitamente más nítidas que el rostro del guardia, los postes de luz o las casas. Después, el volante vuelve a estar sujeto por las manos temibles y el espejo retrovisor se apodera de los ojos-rendija que buscan distanciarse de la policía. Él mira hacia atrás: la patrulla queda en la calle negra. El cierre abierto, el gigante vomitón, el anillo martirizando su mano, el *short* enroscado, todo eso permanece en la calle negra. Esa fue la última de no sabe cuántas veces. De muchas. Pero fue la última.

Durante horas avanzan procurando el amparo de los árboles y alejarse de la búsqueda oficial. Se encuentran con un río. Los cautivos buscan la aprobación del Soldado. Un asentimiento les permite correr al agua: beben, beben atragantándose. Inesperadamente, el jefe les da permiso de bañarse. Se hace realidad el arroyo imaginado por Mariano.

—Lávense, cabrones —dice el líder, desprendiéndose de la ropa.

—Por el tufo nos van a encontrar —bromea el Tanque al quitarse los zapatos.

—Órale, pendejo, no nos eches la sal —responde el Chavetas mientras resguarda los lentes oscuros.

Aún incrédulo, el grupo imita al Soldado. Cada uno se desviste sin entender cómo se les permite un respiro tras la amenaza de los helicópteros. Después de ayudar a su papá, el niño lo deja sentado en una roca y chapotea. El agua se convierte en el primer momento de recreo. El pelo rubio recupera brillo y los ojos claros irradian infancia. Por unos minutos el pequeño vive en el juego, su lugar por derecho, en vez de en la realidad. Secuestrados y captores se tallan la piel con las uñas, poco a poco van diluyendo costras de mugre. El agua se enturbia con la tierra que escurre de los cuerpos y con la que levantan las pisadas. El Tanque remoja su ropa. Mariano sale del río para tomar la suya y quitarle algunas capas de suciedad. La exprime repetidas veces hasta que los chorros son más o menos transparentes. Los demás siguen la iniciativa. Mariano quisiera tallar los recuerdos para desaparecerlos pero son manchas obstinadas. Al menos con la torreta llega alivio en lugar de ahogo. Sumerge la cabeza, repasa las hendiduras de las orejas, hace buches y frota la barba. No puede decir que sea el baño más necesario de su vida porque lo inunda la imagen de sus manos diminutas bajo la llave de agua, enjabonándolas hasta los codos para quitar cualquier rastro del chofer. "¡Bendita patrulla! De seguro el degenerado se largó por ella, por el policía. ¡Culero! Pensó que hablaría. Y fui incapaz. Me libró la suerte, el pánico del viejo maricón, pero no yo". Recuerda la llegada a su casa aquel día.

Camina sobre el mármol beige de la recepción del edificio. Sube al elevador: los números se encienden en naranja hasta el cuatro. La puerta, el timbre, el *hall*, su madre en la cocina, saludos, un beso y… silencio. En su cuarto hay dos camas, la suya y la de su hermano; en el librero, un cajón de tesoros para cada uno; en el que le pertenece, un soldado de madera, unas obsidianas puntiagudas, un coche armable y cuentos pequeños. En el bolsillo de la piyama lo acompañan las rocas afiladas y el soldado valiente. Los cuentos lo distraen, lee dos o tres cada noche después de abrir el clóset, revisar tras los pantalones y cerrarlo con fuerza, seguro de que no se colaron los engendros de la oscuridad. Por suerte, Alonso le hace espacio en su cama sin chistar, o también puede dormir en el piso, al lado del padre. Siempre quiere estar con alguien cuando llega la noche y del fondo del pasillo emergen criaturas deformes. Los días son menos pavorosos, en ellos los ojos no proyectan esperpentos y el miedo es solo culpa.

Sale del río, se pone los pantalones mojados, calcula que el calor los secará pronto. La memoria también se entibia e insiste en sacudirlo con más recuerdos.

Deja una luz encendida aunque lo regañen. Ir al baño a medianoche es una tortura; para llegar al suyo debe cruzar el pasillo en diagonal. Es más rápido atravesar al de sus papás. Toma vuelo para brincar el corredor. Procura no hacer ruido, pero en realidad no importa cuántas veces lo manden a su baño o le llamen la atención, cualquier cosa es mejor que los terrores que aparecen al fondo del corredor. Entre ellos lo amenaza el Frankenstein de sus sueños, lo persigue y le destroza la piyama. Regresa muchas veces, casi siempre lo atrapa, solo consigue escapar cuando puede volar alto y ve los edificios como luces diminutas. Es difícil elevarse. El monstruo lo paraliza con su apariencia, con su gran tamaño y con los tornillos en la cabeza.

La pesadilla no es un recuerdo nuevo, la soñó en incontables ocasiones y permaneció en su memoria. La novedad es que la asocia al depravado del que no pudo volar ni hablar, al que hurgó en su ropa y como Frankenstein la rasgó, al que lo atragantó igual que el mal sueño lo asfixiaba.

—Ya estuvo bueno —dice el Tanque, acabándose de vestir—. Vámonos, ya güevonearon bastante.

—Es para ahorita —vocifera el Soldado, frotando su cicatriz—. Páralos a madrazos.

El Tanque levanta una vara gruesa. "Griten, cabrones", les dice en voz baja, golpeando los zapatos de Bernabé y las botas de Roberto. Al pequeño lo agarra del pelo sin tirar con fuerza. "Jálate a tu papá", le susurra. Mariano lo mira con agradecimiento, adivina sus pocas ganas de acabar con la cordialidad. Cuando se acerca el Chavetas, el Tanque da otro varazo a Bernabé y lo manda a socorrer al padre. El campesino se pone el sombrero sobre el pelo mojado y ayuda al niño a terminar de poner la camiseta a su papá.

Reanudar la marcha se vuelve un suplicio: cada prenda pesa más y raspa. El polvo sobre el polvo ya no era notorio pero en la piel limpia resulta odioso. No hay remedio, cada paso los va curtiendo de nuevo, les adormece las sensaciones. Avanzan menos de una hora hasta llegar a una arboleda. Se tumban a descansar en tanto anochece. Deben volver a los andares nocturnos que los helicópteros trastocaron. En el entramado de raíces de una ceiba, sobre distintas salientes, posan la cabeza y usan de cojín las palmas de las manos. Caen rendidos, duermen bajo el techo tejido por las ramas, un filtro de luna.

Mariano observa el tronco, en la parte media tiene unas protuberancias gastadas: viejas espinas protectoras e innecesarias en el árbol adulto, pero que disuaden a ciertos animales en los troncos jóvenes y delgados.

"Tal vez los niños deberían tener aguijones venenosos destinados a defenderlos de los pervertidos. Este pobre chamaco no estaría aquí, no lo habrían podido subir al coche; yo habría huido dejando al pinche viejo con la mano jodida o la verga gangrenada. ¡Hijo de la chingada!, tú no eres un vampiro como todos estos chupasangre. Tú eres el demonio. El diablo vestido de chofer y disfrazado de protección. Fuiste. Ya has de estar bien muerto. Jamás apareciste como criminal. Nunca enseñaste los colmillos".

VIII

"Para que ese degenerado hubiera pasado por cabrón yo tenía que haber expuesto sus clases particulares sobre gustos y necesidades. 'Te *gusta*'. '*Necesitas* sentir rico'. 'Los pajaritos *quieren* que los acaricien, *necesitan* un nidito'. ¡Diminutivos pendejos!". Una arcada sacude a Mariano. No puede saber si los entendió pero le detonaron una alerta. Esos *itos* y el *te gusta* lo estremecen aunque suenen trillados, cursis o infantiles. "¡Claro que eran infantiles! Yo era un niño y el hijo de puta un puerco". Eso lo reconoce ahora, su cabeza inocente era incapaz de verlo; en aquel entonces él consentía y callaba. "¡El maldito daba la impresión de ser bueno!". Traga saliva al pensarlo para deglutir el horror. Nunca gritaba ni lo regañaba. Le hacía creer que iba a ser campeón de futbol, que era el más listo y que ya podía saber secretos de grandes.

A los nueve años Mariano jamás había oído el término pederastia, y la palabra "abuso" para él significaba comerse el *lunch* de un compañero o echarle picapica a la camisa de otro. Le faltaba vocabulario para descifrar todo aquello. Pero las palabras se van descubriendo poco a poco. Así le pasó con "blasón" en sexto de primaria; la maestra explicó su significado en clase de español y a partir de entonces la escuchó repetidamente; no solo en el himno nacional o el del colegio, sino hasta en la casa de sus abuelos, donde había un escudo familiar.

Cómo iba a correr de lo que no había visto. Ningún golpe o amenaza lo previno. Jamás se acercaría al Chavetas o llamaría a los insectos que lo torturan: los dos son una plaga. El Tanque, en cambio, es más confiable aunque esté del lado de los delincuentes. Sí es narcosecuestrador y puede ser hasta asesino, pero jamás por mera diversión. Le dirige una mirada; los ojos de ambos se encuentran, se elevan diciendo "Qué pasó". "Nada", se responden con un guiño. Algo parecido le pasaba con el chofer; ese hombre lo prefería sobre sus primos, apartaba a su hermano para que no lo molestara. Era un Chavetas disfrazado de Tanque. No, peor que eso, disfrazado de rescatista. En lugar de un casco amarillo usaba goma en el pelo y lentes de aumento en vez de oscuros. No necesitaba repartir culatazos. Tenía el armamento en el cuerpo: el pene y las manos vacías dispuestas a ejecutar sus atrocidades.

Sin conocer su ubicación, los secuestrados caminan sobre el nuevo Triángulo Dorado. El sol del amanecer devela las formas y barniza las hojas lisas. Roberto admira el clarear del día y expresa su deseo de que el río serpentee en la misma dirección que ellos; hace dos días lo dejaron atrás y la posibilidad de otro baño ilusiona el recorrido. Están por cumplirse dos semanas de cautiverio. Solo Bernabé, que llegó poco después de Pablo, lleva más tiempo retenido. Pensar en los días pasados crispa a Mariano como si un montón de garrapatas se prendiera a su cuerpo. Necesita otra vez el agua para ahogar a los parásitos.

—Es mucho tiempo —dice, abarcando todos sus andares.

—No cuentes ni para atrás ni para adelante —contesta Bernabé.

El Chavetas, al frente, se detiene en seco. A pocos metros hay otro grupo armado. Las caras palidecen, incluso las de los sicarios, que alistan los AR-15 para disparar.

—Son Los Ardillos —dice el Soldado con las cejas levantadas, haciendo más visible su abultada cicatriz.

Mariano nota que la tensión disminuye pero no desaparece. Nadie desempuña el armamento.

—Solo de paso, llevamos nuestra mercancía para intercambiarla —anuncia el Soldado y señala a los apresados.

—Pásame algunos —responde el cabecilla del otro comando.

Mariano siente un escalofrío ante la perspectiva de una separación, de caer en manos más violentas o de perder el apoyo del Tanque.

—¿Qué pasó? Ya nos quedan pocos, unos bien jodidos y problemáticos. Nos vamos a tener que estar quietos un rato por un escándalo que armó uno de estos.

—Ese, aunque sea dame a ese. Así nos divertimos.

—No le hagas, déjame el gusto de cobrarme —responde el Soldado sin perder la calma, pero apretando la mano alrededor de su AR-15.

—Qué poco convidado, Soldadito. Conste, ¿eh? —dice el cabecilla contrario. Hace una seña a sus seguidores—. Nos vemos luego.

Para alivio general, cada facción retoma su camino. El Soldado obliga a los suyos a avanzar deprisa durante un buen rato. El sudor recorre los rostros y empapa las camisetas ya humedecidas por la tensión del encuentro. El jefe se rasca la cicatriz, le escuece igual que el hígado por el descaro del otro bando. Decide descansar unos minutos. El Tanque anuncia que no pasarán el día ahí, van a buscar un sitio más alto para no volver a toparse con Los Ardillos, solo reposarán un tiempo.

—¿Quiénes son? —se atreve a inquirir Mariano.

—No son compas, pero trabajan para nuestro jefe y él se truena a cualquier pendejo que se quiebre a sus hombres —contesta el Tanque.

Los secuestrados asienten. Bernabé se abanica con el sombrero en tanto hijo y padre se abrazan. Mariano pone las manos sobre los muslos, se inclina e inhala. Roberto solo deja caer los hombros:

—Primero los helicópteros y ahora esto.

—Más vale que no haya otra, ya ven que la tercera es la vencida —dice el Chavetas entre risas al acomodarse los lentes oscuros.

—Mira quién echa la sal —interviene el Tanque.

—Andamos tan jodidos que preferimos las armas del Soldado que las de otros —dice Mariano en voz baja. Se sienta al lado de los demás bajo el techo de unas ceibas poco frondosas pero unidas por plantas trepadoras.

—Andamos a la vuelta de la chingada —contesta Roberto.

Mariano mira la palidez del padre; considera que el hombre está a punto de darse por vencido. Quizá por eso se le van los minutos en acariciar al niño. "Todos estamos rayando la muerte. Por poco y se arma un desmadre con los pinches Ardillos. Hasta el Chavetas se petrificó. ¿Le tendrá miedo al infierno?", se pregunta al recargar la cabeza sobre un tronco y cerrar los ojos.

Tras el negro de los párpados de Mariano aparece él de niño sobre una banca larga, al lado de sus padres y hermano. Como cada domingo están en misa, pero no en la iglesia triangular de siempre, donde el sacerdote lo conoce y lo hinca a sus pies para darle la absolución. Ahí ya lo intentó y no se atrevió. Le da muchísima pena. De reojo mira el confesionario. Es su oportunidad. Va a estar detrás de la ventanilla, sin enseñar la cara ni ver la del cura. Se pone de pie y avanza despacio hasta la cabina de madera. ¡No tiene que hacer fila! Se arrodilla en el lado desocupado. ¿Será que los latidos de su corazón se oyen tan fuerte como la ventana al abrirse? "Ave María Purísima". "Sin pecado concebida". "Hace cuánto que no te confiesas". No sabe. Meses. Varios. "Quizá diez meses", responde, deseando no mentir. "Dime tus pecados". La respuesta se le atora en la lengua que se remueve dentro de la boca hasta soltar un: "Me tocaba y yo lo tocaba". Después preguntas. Muchas. Contestaciones atemorizadas. "¿Quién?". "El chofer de mis abuelos". "¿Cuántos años tienes?". "Ya casi diez". "¿Y él?". "Es muy viejo". "¿Cuánto tiempo pasó eso?". "Muchos meses, creo". "¿Hay algo más?". "Sí". Quisiera decir "No" pero se va a ir al infierno si miente, si no confiesa que además tuvo un pene inmenso en la boca, que nunca se negó aunque se ahogaba.

Cada sílaba sale entrecortada. Quiere que el cura lo deje ir. Siente demasiada vergüenza. Hablar de lo ocurrido lo regresa al asiento de terciopelo. "¿Sigue?", pregunta el sacerdote. "No". Al fin un "no" rotundo. "Él se fue, ya no trabaja en casa de mis abuelos". "Menos mal, arrepiéntete y reza un rosario", oye detrás de la rejilla. "¿Completo?". "Sí, puedes irte, tus pecados te son perdonados". Los pasos de vuelta a la banca son más ligeros. Ya está. No se va a condenar. Sabía que era grave, por eso todo un rosario, pero Dios lo perdonó a través del sacerdote y nunca va a volver a pecar.

Repleto de inquietud, abre los ojos. No corrió ni dijo "no", pero él ha visto niños abusados y ni por un segundo los consideró responsables, es más, maldijo a los perpetradores. Por qué sigue sintiendo que pudo haber hecho algo si sabe que el abuso es corporal y mental, que un niño no puede contra la autoridad, que sucumbir una vez es sucumbir todas. Mariano va construyendo un discurso para destruir la culpa que racionalmente sabe insana. "¿Por qué el pinche cura no hizo nada, no buscó a mis papás o me dijo que yo era inocente? Me dejó creer que había hecho bien en confesarme y me absolvió como si yo hubiera sido el causante".

Mira a su alrededor y piensa que cada uno debe estar adormeciendo su miedo. Nadie habla. Ojalá hubiera un confesionario en la selva capaz de redimir las emociones. No serviría. Qué culpa va a declarar. ¿Pararse a fumar, a beber agua o usar una moto? Con respecto al secuestro está convencido de su inocencia. Solo pueden salvarlo los helicópteros ciegos o un rescate familiar que no llega. En la iglesia se sintió culpable, el sacerdote le confirmó que regaló el cuerpo. "¿Cómo es posible que un adulto no entienda que las mentes chiquitas se roban demasiado fácilmente, confían? ¡Carajo! Se debió confesar el puto degenerado. Él es más ratero que todos estos cabrones". Todavía siente el atasco en la garganta por merecer las tinieblas durante meses y meses.

Lástima que el Mariano de nueve años era incapaz de saberse exculpado. Lástima que el confesionario no resultó una tecla capaz de borrar horrores, sino una para guardarlos por años. Pudo olvidar y reiniciar, pero la memoria almacenó una copia. El secuestro la hizo reaparecer en fragmentos que se han ido uniendo y amalgaman lo viejo con lo nuevo. "Dos putadas que empezaron con un error: masturbarme donde pudo verme un cabrón, detenerme donde pudieron verme estos cabrones. Si ahora la libro no me la vuelven a hacer. ¡Nunca más!".

El niño le limpia el sudor a su padre y pide agua para ofrecerle sorbos. Una furia intempestiva levanta a Mariano, lo lleva hasta el pequeño y le extrae palabras de aliento: promete que los van a soltar pronto, que serán los siguientes en irse. Desea también abrazarlo, decirle que va a volver a casa con su madre, que lo extrañará. No puede darse el lujo de ablandarse en ese momento. Posa la mano sobre el pelo del niño y añade: "Ahorita vengo". Se acerca a los plagiarios, le hace una seña al Tanque. A cambio recibe un cuestionamiento hecho con los párpados. Con el dedo índice señala al padre e indica que desea hablar de él. El Tanque se aproxima. La comunicación entre ambos suele ser discreta, no admite reuniones improvisadas frente al Soldado.

—¿Qué?

—Ese hombre se va a morir, denle más agua, y por qué no le sacan algo ahora que todavía está vivo en lugar de nada y se ahorran la bronca de tener un huérfano.

—Yo no decido.

—Puedes sugerir.

—¿A ti qué pedo?

—Él me da igual pero está muy fuerte que el chavo lo tenga que dejar a medio cerro. Prefiero evitarme la escena, y ustedes quieren lana, no más problemas.

—Ya lo pensó el Soldado, nomás que los helicópteros lo pusieron de mal humor. A lo mejor se te concede tu deseo, pero no te pases, no me voy a meter en broncas con el jefe para oír tus pendientes.

—Pensé que les convenía.

—Aquí el único idiota es el pelón, con tanta rapada se quedó sin ideas y hay que repetirle las cosas veinte veces.

—Sí —Mariano está a punto de dar las gracias, la palabra, como pinole, se le apelmaza en la boca: es absurda.

IX

Caminan tres noches más sin saber si avanzan o dan vueltas. El paisaje es el mismo y los recuerdos guardan mejor las diferencias: la singularidad de una piedra, el regocijo ocasionado por el río, las raíces convertidas en camas. Pese al panorama uniforme, la rutina en esa selva no es tedio sino alerta ante traspiés, extravíos, picaduras y órdenes imperiosas. Durante los andares nocturnos deben ir uno tras otro, como hormigas, para no perderse. Sin la percepción que les regalaría un par de antenas, no tienen más remedio que concentrar los cinco sentidos en la fila, seguirla sin contratiempos y evitar la cólera del Soldado, ya de por sí acrecentada por la aparición de los helicópteros y Los Ardillos.

Al amanecer de esa tercera noche el contingente entero necesita descansar. El Soldado ubica un espacio con abundante vegetación y decide pasar ahí el día.

Las hojas de los árboles casi nacen en el suelo, se mezclan con helechos y diversas hierbas de verdor variado. Los prisioneros asumen que en esa zona debe haber algún río o llueve con mayor intensidad. Bajo la espesura que los oculta se recuestan a la espera de algún alimento. Les dan unas tortillas y las sobras de una lata de chiles. Devoran como si entre las manos tuvieran una chuleta caliente, jugosa, en lugar de masa dura. Entre el niño y Roberto obligan al padre a comer trozos acompañados de sorbos de refresco. Con paciencia introducen en su boca tiras tiesas y lo animan a tragarlas.

Mariano se concentra en las llamadas y mensajes que intercambian los plagiarios. Pelea contra la somnolencia, intenta descubrir el porqué de tanta comunicación hasta que cae rendido. No sabe cuánto tiempo durmió cuando lo despierta el Chavetas con el anuncio de la liberación del padre y el niño.

Los elegidos tardan unos instantes en asimilar su fortuna. Los ojos del chiquillo sonríen, el papá cierra los suyos como si con ello desvaneciera las penurias de las últimas semanas.

Poco después aparecen tres plagiarios: el rapado, el de la cruz en el brazo y uno nuevo con la Santa Muerte tatuada en el cuello. De solo ver al último el pequeño da unos pasos hacia atrás. El tatuaje da al secuestrador una apariencia temible, más feroz que la de los ojos diminutos del sicario sin pelo. El Soldado corrobora la liberación e indica que les amarren las manos. Obliga al pelón a repetir sus órdenes hasta corroborar su entendimiento. Atan con más fuerza de la necesaria al padre, le siguen cobrando el desplazamiento ocasionado por los lloriqueos de su mujer. La delgadez, las heridas a medio cicatrizar y los piquetes se hacen cómplices de la crueldad: al primer roce de la soga las muñecas sangran. Mariano lo advierte con una punzada en el esternón, se acerca al niño antes de que le toque ser maniatado y le dice:

—Solo ayuda a tu papá a caminar. Ya vas a tu casa.

—Uno tiene ojos de malo y el otro una calaca en el cuello —responde el chiquillo sin atreverse a dar un paso.

—Pero prefieren el dinero. ¡Ve!

Se abrazan precipitadamente y Mariano acaricia los rizos rubios del pequeño.

—Olvida todo esto y si te acuerdas piensa que cuidaste a tu papá, fuiste muy valiente. No hiciste nada mal.

El niño asiente y ofrece las manos a los secuestradores, mantiene la mirada en el piso, evita la amenaza de la cruz y la calavera, busca el rostro de su papá e intercambian un leve asentimiento.

Los compañeros palmean con suavidad la espalda del padre, lo animan a hacer la última caminata, la que lo sacará de ahí. Los ven partir.

—Todo va a salir bien —comenta Roberto.

—Sí —responde Mariano.

—Ojalá. Ojalá ya me toque —dice Bernabé. Se quita el sombrero y descansa la cabeza sobre unas ramas trozadas.

Tanto plagiarios como secuestrados se acomodan contra los troncos de los árboles y se abandonan al calor húmedo. El Tanque corta una vara de helecho, se abanica con ella. Mariano lo imita. Quitarse la camiseta desgarrada es tanto como convidar a los insectos a un festín mayor. Se ríe de ambos, del ademán femenino, pero agradece el aire que consigue con el movimiento de la rama.

También da gracias porque el niño haya salido de ahí sin experiencias inconfesables como las que él tuvo en la infancia. El pequeño vivió lo que todos, sin favoritismos perversos; tenía a su padre y no buscaba la atención de nadie. En cambio, él quizá sí deseaba ser algo más que el Marianito "bueno" y "callado" de su casa. Ruega para que el trío de delincuentes se limite a liberarlos, para que no se tome ningún atrevimiento sin la supervisión del Soldado. Comprende el pavor del niño al irse con ellos, ya antes le había contado que los ojos del rapado se parecían a los de los dictadores de su libro de historia, donde todos los tienen minúsculos, como rajadas. Él también teme esos ojos amenazantes, sin luz, y odia el tatuaje en el brazo del otro secuestrador. Ese par de delincuentes es el culpable de que sus recuerdos hayan emergido como absceso reventado.

En busca de una explicación, vuelve a sus clases de neurología. El maestro les proponía provocarse trances a través de la música para acceder a recuerdos olvidados. Él contó que así había evocado el terror de un teatro guiñol en preescolar. Decía que cuando una vivencia sobrepasa la capacidad de resistirla, se fractura el vínculo entre el centro de la memoria, en el hemisferio izquierdo, y el de las sensaciones, en el derecho. Según el profesor, la música los reconecta, aunque no cualquier miedo lleva a todos los miedos. Para que se dé la reconexión y reaparezca la vivencia escindida es necesario sentir el sobresalto corporal que se guardó en el inconsciente.

Cuando el maestro les propuso practicar en sus casas le pareció bastante ocioso recordar teatros guiñol. Imaginó pavores sobre el trampolín de tres metros al que lo obligaban a subir sus primos, o el pánico al encierro causado por la película *El jorobado de Notre Dame*. No comprende cómo pudo ver mil escenas abusivas en el cine sin hacer una sola conexión. Es más, supo de un compañero de su hermano que denunció el abuso sexual de un tío y en nada se sintió cercano al caso. "¡Pobre!", pensó, como quien dice: "Pobre perro atropellado".

"Atropellado yo a los nueve y a los veintisiete por el mismo cabrón. Por desconectarme. Por eso he de flotar en ese pinche coche como si el cuerpo del niño no fuera mío. Pero pude. Tan pude que aquí estoy, y completo".

De pronto, descubre el serpentear de una víbora. Nada más ve la cola perderse entre unos arbustos. Según el Tanque esas no son venenosas. Él prefiere no tenerlas cerca y la sigue con la vista hasta estar seguro de que el reptil no reaparece. "¡El que debería estar rodeado de serpientes es el degenerado!". Le gustaría enfrentarlo siendo ya grande, no un chiquito muerto de miedo. Desearía verlo aterrorizado por el Chavetas y los dos tatuados. Ellos sí serían capaces de darle su merecido, de usarlo de mujer, como le dijeron a él.

Ya es de noche cuando regresan los emisarios.

—¿Qué pasó? —pregunta el Soldado en cuanto los ve.

—Todo bien —responden con el aliento entrecortado.

—¿Dónde los dejaron?

—Todavía tenían que cruzar el río y venía bien cargado.

—No tenemos entrega a domicilio y menos para bocones —contesta el Soldado—. Vámonos, ya me confirmaron la paga y nos conviene movernos. Ese pinche francés nos dio en la madre.

—Párense, jálenle —ordena el Chavetas.

Los secuestrados se miran entre ellos, ruegan para que ni el niño ni su papá hayan muerto en la corriente de un río.

—Ojalá ya estén atendiendo al señor —comenta Bernabé.

—Que la libre —responde Roberto.

Mariano resopla, entre los tres toman las pocas provisiones, el cobertor y el resto de los bultos. Ahora son menos y deben cargar más, aunque en realidad ni el niño ni su padre ayudaban mucho. Al menos Roberto ya pudo abandonar las botas rígidas, ahora usa las chanclas de Mariano. A él, el Tanque le consiguió un par de tenis. Gracias al joven sicario las heridas de Roberto empezarán a cicatrizar y podrá avanzar a la velocidad que exige el Soldado cada vez que le grita: "Apúrate machín, que más bien pareces una puta tortuga".

X

Bajo unas nubes traslúcidas, disipadas por el aire como el mar hace con la arena, los secuestrados se examinan las lesiones de los pies. No les permiten quitarse los zapatos por mucho tiempo. Suponen que es para poder correr si llegan otra vez los helicópteros u otro grupo armado. Aunque entienden que el calzado es necesario, la sola idea de ponérselo de nuevo les provoca dolor. Las uñas negras apenas asoman entre la hinchazón de los dedos y la carne viva, y las costras llegan a los tobillos.

—Nadie ha caminado tanto como nosotros, ¿adónde nos estará llevando Diosito que andamos como las mulas del arado? —dice Bernabé, abanicándose los pies con el sombrero.

Roberto y Mariano se miran sorprendidos, su compañero es de pocas palabras y no suele iniciar las conversaciones.

—Solo quedamos nosotros. Nos van a soltar pronto —contesta Roberto, recostado y con los pies en lo alto de una piedra, deseoso de alentarlo.

—Dios mediante.

—Espero que Dios no se haya metido, quedaría mal parado —dice Mariano.

—Estamos amolados pero qué tal que el Ejército y Los Ardillos fueron señales suyas de que ya mero nos socorre —responde el campesino.

—Los helicópteros no nos vieron y con los dichosos Ardillos estaríamos peor. ¿Les viste la cara de matones? —pregunta Mariano con impaciencia.

—No se puede ir contra la voluntad del cielo. Por algo estamos aquí. Ya nos recompensará el Señor.

Mariano guarda silencio. Según Bernabé llevan semanas secuestrados, caminando como camellos, gracias a un plan divino. "¿Qué dios idearía algo así? El mismo que le permite a un depravado enredar a niños para manosearlos y asfixiarlos con el pito. Más vale pensar que no interviene en el mundo. Prefiero creer que no existe alguien capaz de recordarme un abuso con esta joda".

—¡La fe es un sedante para ingenuos! —suelta de pronto.

—¿Qué? —Roberto sigue con los pies en lo alto de la piedra.

—Sin ella ya estaríamos muertos —dice Bernabé categóricamente.

—Estamos vivos por suerte. Puro instinto de supervivencia —contesta Mariano.

Bernabé, sin responder, se acomoda con la intención de dormir de espaldas a Mariano. Antes de cerrar los ojos se persigna, y con toda la intención de hacerse oír dice: "Perdónalos". Roberto baja los pies, anuncia que también quiere descansar, en verdad no desea lidiar con los argumentos de ninguno de los dos. Mariano se tiende bocarriba, mira las nubes deslavadas que, según una de las enfermeras que suele compartir turno con él, son un mal presagio.

Aunque su cuerpo ya se habituó a las almohadas de vara y las camas terrosas, no logra conciliar el sueño, sigue en guerra con las ideas del campesino que bien pueden resumirse en la frase "Todo pasa por algo". La detesta. Le parece una simplificación, una irresponsabilidad. ¡Es contemplar sin actuar! Y, además, resulta que si la vida no ajusta las cuentas, siempre queda el infierno eterno. Imagina la eternidad como una línea continua que se ensancha, se hace un todo níveo: destino o perpetuidad. Cualesquiera de los dos conceptos es angustioso, resulta absurdo respirar para solo representar un rol predeterminado y nada hay perpetuo en el mundo. No es posible que exista un diseñador de destinos inquebrantables. Tal vez uno ausente o despreocupado.

Las nubes engruesan y tapan el cielo. El aire corre, proclama lluvia. Mariano se encoge de hombros. La naturaleza decidirá. Por lo pronto vuelve a acomodarse, evita el roce de una yerba salpicada de flores ámbar. Busca figuras entre los nubarrones, una mano gigante, acolchonada y hasta con falanges le parece una broma. El dedo índice es el más largo: señala, ordena o advierte. Unos capullos captan su atención; juega con ellos, dobla los tallos pero se levantan una y otra vez. Él bien podría ser un dios probando la fortaleza de la mata. Flexiona un brote, al liberarlo ya no recupera la verticalidad, queda encorvado. Lo vuelve a pegar al suelo. Se quiebra. Su mano caprichosa sometió dos veces a una yerba inocente. Así sería el dios que expone doblemente a sus criaturas. Más aún a sus criaturas pequeñas. En definitiva encuentra mayor consuelo en el agnosticismo que en la fe de Bernabé. Acaricia el tallo roto hasta que los pensamientos dejan de asociarse y lo vence un sueño profundo.

Avanza a través de un mundo ruinoso. Descubre la casa de su infancia. Entra. Un niño, entre castaño y pelirrojo, se esconde en un rincón. Le teme a un hombre que robó sus confesiones dibujadas con crayolas. Mariano ofrece confrontarlo. Sale en su búsqueda y en la playa, sobre la arena fina, descubre al culpable. No puede alcanzarlo: no consigue correr. Lo observa alejarse en una barca con una sonrisa triunfal. Vuelve a la casa, desea consolar al niño de melena rojiza. Se paraliza al descubrirlo desmembrado, revestido con sangre, rojo, todo rojo. Cubre cada pedazo de cuerpo con tierra. Debe desaparecer la evidencia de su incapacidad. De pronto llega un perro con las pruebas robadas, las descubrió enterradas en la playa. El animal fue más útil que él. Siente algo atorado en la garganta, vomita un trozo de carne cruda. Después otro más pequeño, y otro, y sabe que hay muchos pedazos que necesita expulsar. A cada paso lo sacude una nueva náusea y el vómito se prolonga hasta que se despierta abruptamente.

"De seguro en el sueño vomité el miedo a que estos locos se droguen demasiado y nos maten, han de haber sido cachos de los distintos abusos. La profesora de psicología, ¿cómo se llamaba?, algo con **H**, decía que en los sueños todos los personajes somos nosotros. No le creí. Pero si es verdad, al mismo tiempo soy un niño roto y enterrado. Pelirrojo por la herencia del pelo pintado de mi mamá. Un adulto paralizado que no consigue ayudarse a sí mismo".

—Puta, qué pinche sueño tuve —dice Mariano a Roberto que acaba de despertar.

—¿Qué soñaste?

—Que volvía a ser niño, un hijo de la chingada me partía en pedazos y yo, de grande, me enterraba solo.

—Pues sí estuvo jodido. Ya has de haber estado bien descompuesto.

—No, todo pasaba simultáneamente. Yo era grande y chico.

—Dicen que todos tenemos un niño interior, pero qué gacho que el tuyo esté partido. ¿Quién le dio en la madre?

—Un hijo de puta, ni modo que yo —responde Mariano.

—Si te enterraste también te podías matar.

—No me jodas.

—Mira que soñar peores mamadas que en la que estamos.

—Peores mamadas. ¡Nunca mejor dicho!

XI

Sin el preludio de gotas esporádicas, las nubes dejan caer su carga en cortinas de agua. El grupo coloca el toldo de prisa e intenta extenderlo con ramas. Se guarecen todos juntos sin mucho éxito, la lluvia cala las ropas y los cuerpos tiritan bajo el chaparrón durante horas. La contigüidad de los captores amedrenta a los secuestrados que procuran moverse lo menos posible. El Soldado tiene un hule sobre los hombros pero, igual que el resto, está sentado sobre charcos.

A Mariano esa lluvia le parece una mala jugada. Las nubes de mal agüero no lo hicieron anticipar tanta incomodidad. El entumecimiento lo lleva a rascarse las heridas y el temor a los AR-15 se vuelve demasiado próximo. El pasado hace más injusto el frío de ese instante y los pesares del momento vuelven más odioso lo de antes. Para él, los calvarios se unen, se condensan en un agujero negro que se traga el futuro y lo invita una vez más a precipitarse contra una de las armas en busca de un final instantáneo.

Las ganas de desaparecer lo atrapan varias veces al día. No sabe qué lo detiene, tal vez el dolor que atraviesan en ese momento sus padres, la imagen de su mamá insomne caminando por el pasillo, o la de su padre maldiciendo a los culpables de su ausencia; quizá lo contiene el trozo de sí mismo que lo mantiene en mejores condiciones que las de Roberto y Bernabé.

Toma una vara que cae a su lado, la aprisiona con tal fuerza que se le encaja en la palma. Si antes se mordió la lengua para concentrar en ella el dolor, ahora lo guarda en la mano punzante. Libera el trozo de madera y siente alivio en todo el cuerpo: unos segundos de paz. Con la estaca escribe su nombre en la tierra mojada. Lo repite letra a letra, haciéndolas más profundas, viendo cómo se deslavan con la lluvia. Lo delinea también en la palma para asegurarse de que en cada trazo hay más que un Mariano miedoso, abusado, raro, inseguro, aislado, negativo y ofuscado. Él también es una "m" de médico, una "a" de autosuficiente, una "r" por resistente; y sigue: una "i" de inconforme, otra "a" de… No llegan a su mente más adjetivos positivos con la primera letra del abecedario. Podría ser "ávido" de olvidar y volver a su casa. Una "n" de… narigón, aunque el olfato no le haya servido para detectar el peligro, y una "o" de observador. Él es cada una de las letras de su nombre en positivo y negativo, una pizca de cada palabra que viene a su mente. Es poco confiado y confía. ¿Es posible? Sí, cree en el Tanque y sospecha de sus propias elucubraciones. Piensa que puede titularse y siempre ha dudado de su capacidad para conquistar a una mujer. Necesita el valor que le regala un par de copas para acercarse y conversar sin sentirse torpe. Desea estar entre amigos y al mismo tiempo no se considera parte de ellos. Odia la mentira y se engañó a sí mismo al olvidar el abuso; detesta las apariencias y se las creó para sobrevivir. Es, como todo el mundo, un batido de sucesos y genes que en sueños expulsa las sobras. La maestra de psicología tenía razón, cada persona es muchas. El Tanque es secuestrador, pero amigable; el Soldado, cabrón e inteligente; el Chavetas, cruel y obediente. Él es débil pero resiste.

Mariano vuelve a tomar la rama, ahora escribe sobre su nombre en mayúsculas otro en minúsculas. Un "mariano" pequeño porque es parte de lo que fue, después será un tanto de lo que ya es, pero eso no implica un destino, como sugería Bernabé, solo significa que en el cuerpo se cargan otros tiempos. Unos bastante duros.

El aguacero cesa por minutos y después recobra intensidad. A pesar de que el contingente se mantiene bajo el toldo, nadie conversa, cada uno batalla a su modo con el desagrado. El Soldado, intentando salvar el teléfono del agua, envía mensajes bajo su capa de hule para coordinar a los secuaces que fueron por la nómina. Bajo el ala del sombrero Bernabé parece rezar, y Roberto dedica el tiempo a atenderse una uña del pie que está a punto de desprenderse. Mariano de pronto tiene deseos de saber algo sobre la infancia de su amigo-secuestrador. Él le construyó una historia pero realmente desconoce el origen del Tanque.

La versión del joven se asemeja a la que había imaginado. En efecto es de un municipio de Guerrero, de Teloloapan, donde se ubica la piedra de La Tecampana que suena como campanada de iglesia. También por ahí están los balnearios de Oxtotitlán. "Son retebonitos", dice el muchacho. Toda su familia vivía en la ciudad hasta que empezó el pleito por la plaza. Cuenta que sus primos se fueron al otro lado y que a él lo agarraron de regreso de la escuela. Le hubiera gustado aprender más, solo que no tuvo opción.

—Ya me habían echado el ojo por avispado. Bien pronto me pusieron a halconear y me pasaron al Estado de México. Mi mamá me aconsejó que me fuera lejos porque en Teloloapan nadie dura vivo. Así agarré camino al monte con el Soldado y el Chavetas que son de ley. Los otros no. Menos el pelón, es retebaboso. Qué bueno que lo mandaron a otro lado y ya no anda con nosotros. Siempre desconfié de él. A lo mejor hasta se pasó con Los Ardillos. Ahora, como dice el Soldado, necesitamos su repuesto. Ni sé para qué digo tanta cosa. A nadie le conviene saber de más. Menos a ustedes. Les tocó que los agarráramos porque el Soldado tiene que conseguir dinero. Nos iba rebién con el negocio del secuestro, lástima que la familia del francés nos echó al Ejército encima. ¡Güero pendejo! No creo que esté vivo, seguro lo dejaron en mal lugar, si no es que lo llevaron a deshacer al basurero junto con su chamaco. La cosa está muy peleada y por eso nadie se fía de nadie. Lo mejor es no meterse en los enjuagues de otros. Los Ardillos corretean el rollo de la blanca y nosotros además le hacemos a los rescates. Ya me pagan quince mil pesos y solo una vez me cayó la tía a tablearme.

Mariano no entiende.

—Una sola vez me dieron de tablazos, así castigan las pendejadas. Claro que no las pendejadotas. Esas te mandan para el otro lado y de mal modo. Ya le pasó a un chamaco que andaba con nosotros. La cagó con una entrega y se lo despacharon. El Chavetas también es de Teloloapan. Cuida a mi mamá, y por supuesto a la suya, a su esposa y a su hijo que siguen allá. Son su adoración, Nadie se mete con ellos. Yo nunca los he visto pero creo que el niño tiene como diez años. El Chavetas ya lo imagina liderando la organización, dice que es muy listo, que está estudiando con unos padrecitos aunque le sale retecaro, pero es para que llegue lejos, a lo mejor hasta lo mete a político y mueve el negocio sin ensuciarse las manos.

Mariano hace preguntas y el Tanque dice que ya habló demasiado, que al Soldado no le va a gustar, que ahora le platique él de la capital.

—Solo dime, ¿la blanca es droga?

—Ey. Ahora desembucha tú.

Mariano combina la verdad con diversos inventos para narrar su vida sin dar señales de que estudia en una escuela privada o de que su padre es dueño de una empresa. Habla sobre sus materias cursadas en la UNAM, que le apasiona la neurología porque la mente es un mundo todavía infranqueable. Miente al comentar que su papá trabaja como vendedor en el centro y gana poco, también al añadir que su mamá dejó el empleo por una enfermedad en los huesos, artritis. El padecimiento es real y le pareció que darle una ocupación a su madre ayudaba a ubicarlos en la clase media.

—La mía igual tiene todos los dedos torcidos, pensamos que era de tanto lavar. ¿Cómo dices que se llama la enfermedad? —pregunta el Tanque.

—Artritis.

—Ah, ¿y se cura?

—Hay desinflamatorios, medicamentos para el dolor, para controlar los brotes.

—Luego me los apuntas, ahora que llegue la paga voy a tener para todos los remedios que necesita mi jefa.

La lluvia cesa como si supiera que no queda un milímetro seco en los alrededores, incluidos los visitantes, calados de pies a cabeza. El grupo entero se levanta para sacudirse el exceso de agua y se resigna a secarse cuando el clima lo decida. De entre las plantas sale un vapor que difumina el entorno y esconde el regreso de los sicarios con los sueldos y una bolsa de barbacoa, generosidad de la mujer del Chavetas.

—Nos dijo que la próxima nos da pan de arroz.

—¿Y no me mandó una foto de mi chamaco? —El Chavetas se les acerca orgulloso—. Ya ni lo voy a reconocer.

—No —contesta el par de mensajeros. Nomás nos dijo que el niño anda de remilgoso, que tienes que ir a jalarle las orejas.

—Que se las jale ella, yo mejor llego y me lo llevo a divertirse.

Comen primero los plagiarios hasta saciarse, después ofrecen los restos a los secuestrados y además les regalan el anuncio de la liberación de Bernabé. La paga puso de buen humor al Soldado y hasta palmea la espalda del afortunado cuando le da la noticia y le dice:

—Te portaste bien, compa.

El campesino agradece. El entusiasmo le quita el hambre, prefiere orar: pedir auxilio para llegar sano y salvo a su casa. Mariano y Roberto aprovechan la proteína despreciada; no habían comido carne desde que los atraparon y se chupan los dedos.

Bernabé se quita el sombrero y se lo ofrece a Roberto. Le aclara que en su casa tiene otro, que ya Dios proveerá lo demás porque de seguro su esposa tuvo que vender el tractor y los animales para rescatarlo.

Mariano espera que la mujer no se haya visto obligada a vender hasta la tierra. Está seguro de que el campesino no le da a él su sombrero por poner en duda la intervención divina. Quizá fue demasiado duro. Las creencias sostuvieron a Bernabé casi mudo pero esperanzado. De cualquier forma, a él le resulta escalofriante verse como títere. Mejor culpar a la mala suerte, a la psicología, al chofer, a él mismo, a su familia, a la situación del país. Se dice que la mala suerte lo detuvo en el llano a beber agua, que su carácter silencioso lo iluminó a los ojos de un depravado y que eso ya es bastante complicado de asimilar como para añadir elementos esotéricos.

Con las manos atadas, Bernabé inicia el regreso a casa. Antes de dar el primer paso mira al suelo, no va a empezar con un traspié. Va escoltado por un par de sicarios malhumorados por tener que hacer dos recorridos en un solo día. Se quejan del cansancio y del camino lodoso, pero aun así son dos cuerpos recios, con el pelo cortísimo y armados para custodiar a un hombre frágil, de escasos cabellos canos, con una camisa sucia, rasgada y empapada que permite ver su esqueleto bajo la piel, y con el pantalón que apenas se detiene gracias a una cuerda en los huesos salidos de la cadera.

La fracción restante aguarda el regreso de los custodios de Bernabé para esa misma noche. Tras la lluvia, los mosquitos buscan alimento. Roberto los espanta y hace un gesto triunfal cuando mata a uno. Mariano abre la bolsa con los huesos de barbacoa para ver si atrae a los insectos y se alejan de él. La comida y saber que los sicarios van a volver pronto le hacen pensar que están cerca de la ciudad que mencionó el Tanque, Teloloapan, si oyó bien, de la que son el muchacho y el Chavetas. "Probablemente ahí van a soltar a Bernabé; muy lejos de su casa", se dice sin dejar de pelear con los jejenes hasta que el frío de la noche los desalienta y el grupo debe volver a enfrentar la gélida ropa húmeda.

XII

Al caer la noche una neblina densa obstruye la visión: vapores de la tierra mojada forman una pared blanquecina. Los oídos captan las últimas notas del aguacero como un estribillo ejecutado a dos manos por el viento y las plantas. Mariano lo disfruta pese al frío y se lo hace notar a Roberto.

—Lo único que sé es que suena menos amenazador que el diluvio de hace rato —responde el amigo.

Los secuestradores se distraen con sus celulares. Comparten memes que les arrancan carcajadas, se muestran imágenes de mujeres con senos provocativos o nalgas exageradas; también circulan bendiciones enviadas por familiares en estampas de la Virgen o de otros santos. Llevan muchas horas en ese campamento improvisado; primero esperaron la entrega del padre y el niño, ahora aguardan el retorno de los tatuados sin Bernabé. Se saborean la parte que les tocará de los rescates. Mariano y Roberto, para facilitar el secado de sus pantalones, estiran las piernas bajo la supervisión del Tanque.

Casi a medianoche, con un chiflido apenas audible anuncian su regreso los enviados a liberar al campesino. El pulgar levantado de uno indica que todo salió de acuerdo a lo planeado. Pese a las quejas y reclamos, los detalles del cobro de la liberación agrandan la sonrisa del Soldado, quien, con toda tranquilidad, enciende un cigarro y se dispone a disfrutarlo al compás de *El Diablo*, su corrido favorito que solicita al Tanque con la intención de "agarrar fuerzas": *Era un hombre de veras valiente, se burlaba de la policía, a su mando traía mucha gente, su negocio se lo requería. Poderoso y también muy alegre, como el Diablo se le conocía. Dondequiera sonaba su nombre y tronaba su cuerno de chivo…* El jefe lanza el humo al aire como si con él supeditara la sierra a su voluntad y Los Tucanes de Tijuana cantaran en su honor. Se suma al canto: *El dinero, el poder y la fama son tres cosas muy afrodisiacas… A gozar de la vida que es corta, decía el Diablo rodeado de damas. Para mí la pobreza es historia, la hice añicos a punta de bala…*

—Me cae que sí —asiente al ritmo del corrido.

El sicario de la cruz tatuada en el antebrazo se acerca al Chavetas y murmura en su oído. El rostro del secuestrador, aun en la oscuridad, se deforma ante los ojos de Mariano y Roberto, quienes lo observan precipitarse hacia el cabecilla y hablarle atropelladamente, incluso con las manos. El Soldado niega una y otra vez.

—No, ahorita no —dice en voz alta—. Vámonos, guarden las cosas en chinga —grita antes de tirar el cigarro y apagarlo con la bota.

—Ya oyeron —apremia el Tanque, que quita la música y urge a los dos retenidos.

—No sé ni para qué cargamos el toldo, con estas lluvias no sirve de nada —comenta Roberto.

—Voy y vengo —suplica el Chavetas.

—Ni madres, con Los Ardillos por aquí no me conviene quedarme sin gente.

"¿Qué se traerán?", se pregunta Mariano ya con el plástico doblado sobre la cabeza, listo para caminar.

Como el Soldado perdió el buen humor por culpa del Chavetas, nadie se atreve a hablar durante el avance. Incluso Roberto procura cojear lo menos posible para ahorrarse golpes o empujones. Mariano aprovecha el mutismo e intenta acomodar el "Voy y vengo" que captó. Él sabe que están cerca de la tierra del Chavetas, de ahí llegó la barbacoa de su esposa hasta ellos.

Algo debió pasar allá. Algo que no es problema del Soldado, por eso le valió madres la urgencia del Chavetas. Es obvio que al tipo se lo lleva la chingada. A lo mejor tiene que ver con su familia. Nunca había contradicho al jefe. "Ha de ser grave. Ahora sí está igual de secuestrado que nosotros aunque tenga su AK-47. ¡Para que vea! Ojalá se le quite tantito lo ojete. ¡No se vaya a volver más cabrón y Roberto y yo la pagamos!".

El Chavetas no se aparta del tatuado que le comunicó la noticia. Camina codo a codo con él. Es evidente que lo interroga sin tregua y que el otro ya está aburrido de responder lo mismo; también es obvio que el Soldado los vigila, les sigue los pasos a medio metro de distancia sin importarle que el Tanque vaya al final, ocupándose él solo de los plagiados.

Cuando todavía no clarea, el jefe indica que van a detenerse. A Mariano le sorprende, asume que la vigilancia lo cansó. El trayecto para él resultó más corto de lo habitual, no lo torturaron los recuerdos ni los zapatos, iba enfrascado en descifrar las contrariedades del Chavetas. No consiguió oír nada y la proximidad del líder le imposibilitó acercarse al Tanque. Roberto, en cambio, comenta que caminaron demasiado, que los pies le sangran y en serio lo van a acabar dejando tullido.

Apenas se guarecen debajo de unas copas frondosas, Mariano se sienta cerca del amigo-secuestrador. Por prudencia no inicia su investigación de inmediato, recarga la cabeza en un tronco y finge conciliar el sueño, tal como lo hacen Roberto y el resto de los captores, con excepción del Chavetas, que no cierra los ojos, y del hombre tatuado con la Santa Muerte, encargado de la guardia.

Es el menos confiable: sus ojos minúsculos son impenetrables, los labios gruesos y la nariz ancha lo hacen parecer máscara de carnaval. Lleva un chongo arriba de la nuca y el tatuaje del cuello da la sensación de mirar desde las profundidades de su ser. Mariano lo observa deambular, y cuando lo siente lejos sacude el hombro del Tanque.

—Oye, ¿qué le pasó al Chavetas?

—¡Qué te importa! Deja dormir.

—Se puso como loco —insiste con la mirada fija en el plagiario, que se remueve ansioso.

—Algún rollo de su chavito.

—¿Pero qué?

—No sé. Ya ves que anda bien callado. Aprende a no preguntar tanto y duérmete —ordena el Tanque. Se acuesta decidido a no perder su tiempo de reposo.

Los montes amanecen envueltos en la misma neblina lechosa de la noche anterior. A Mariano lo despierta la sensación de que unas manos heladas le tocan la cara. Por un segundo considera que pueden ser las del guardia con el tatuaje en el cuello. Exhala cuando lo ve sentado lejos de él. Se frota las palmas para calentarlas, se las lleva a la boca y las entibia con el vaho. Tras la densidad podría aparecer cualquier cosa, desde el Frankenstein de sus pesadillas infantiles hasta otros hombres armados para salvarlo o matarlo. Roberto aún duerme.

La bruma parece tener un efecto paralizante, como si adormeciera la vegetación e invadiera los pulmones. Apenas se distingue la figura del Soldado hablando alternadamente por el teléfono y por los radiotransmisores.

El Tanque, el Chavetas y los dos tatuados se ponen de pie al primer llamado del Soldado y lo rodean a la espera de indicaciones.

El Tanque se aproxima a los rehenes.

—Ahora sí les tengo buenas noticias. Ya pagaron por ustedes. Hoy en la tarde se van.

Roberto se abraza a su amigo.

—¿Nos vamos juntos? —pregunta Mariano con los ojos luminosos incluso entre la bruma.

—Ey, creo que sus jefes se pusieron de acuerdo.

Mariano imagina a su padre saliendo de la niebla con la mano tendida para rescatarlo. Se instala una sonrisa en sus labios. No siempre los ambientes tenebrosos traen malos augurios.

Animados, los amigos hacen planes, imaginan sus respectivos recibimientos. Roberto sueña con el chorro caliente de la regadera, con afeitarse, usar loción y vestirse con ropa seca. Anticipa el calor de una de sus chamarras afelpadas o el de la azul forrada de borrego. También quiere abrazar a la novia, olvidarse de los pies heridos y comer dos platos seguidos del caldo de camarón que cocina su abuela. Se le hace agua la boca cuando recuerda el sabor salado y picante. Dice que ya se imagina una mañana entera en su baño, el olor a jabón, un par de calcetines y un domingo de festejo familiar para después disfrutar de un reencuentro inolvidable con su chava. Los dos solos en un hotel de lujo, tras tanta penuria se lo merecen.

Mariano no alcanza a verse de nuevo en su recámara, menos aún en la universidad siendo presa de un interminable interrogatorio sobre su ausencia. Su mente se detiene en el *hall* de su casa, ahí lo reciben sus padres con un abrazo largo. En cuanto lo suelten, el vestíbulo se convierte en el del departamento de su infancia, al que llegó a los nueve años sin poder hablar.

—Suertudo, a mí no me espera ninguna mujer —dice para salir del pensamiento.

—Bueno, rápido te consigues una. Ya es justo, ¿no? —contesta Roberto.

Mariano finge una risa cómplice pero lo invade una inmensa sensación de soledad.

—De perdida un buen tequila y un filete del tamaño de media vaca.

—También. Agasajo completo —responde el amigo.

Las voces del Chavetas y el Soldado los interrumpen. Uno insiste en pedir permiso para ausentarse, la cabeza del jefe niega mientras responde "No, no y no". El Chavetas aprieta el arma con ambas manos y acelera el paso. Mariano imagina sus ojos desesperados tras los lentes oscuros que lleva a media nariz para cubrirse sin renunciar a la escasa claridad. No puede creer que finalmente se irá sin saber el desenlace de la historia. Lo carcome la curiosidad. Supone que después de la última liberación el grupo entero se marchará a seguir el negocio a otro lado y entonces el Chavetas conseguirá la autorización para ir a casa. Quizás esa misma tarde todos habrán cumplido sus deseos y cada uno de los secuestradores podrá tomarse un tiempo con su familia. O quizá, para desgracia del Chavetas, empezarán de inmediato la búsqueda de nuevas víctimas. "Odio esa palabra", se dice Mariano.

—Cuando menos voy a hablar con mi señora, para decirle que cuide a Sebastián en lo que llego —afirma el Chavetas con el celular en la mano.

—Ándale —concede el Soldado, satisfecho por zanjar el tema.

XIII

Al subir el sol la neblina se disipa. El cielo sigue encapotado, no hace promesas de contenerse y el Soldado decide adelantar la entrega. Indica a los tatuados que se alisten. Mariano y Roberto miran ansiosos el movimiento, desean ponerse de pie e irse cuanto antes. Se contienen. No quieren poner a prueba la llegada tardía de la buena suerte.

—¿Nada más van dos nuestros? —cuestiona el Tanque.

—¿Qué quieres que nos quedemos desprotegidos aquí? —responde el Soldado.

El cabecilla gira instrucciones a los responsables de escoltar a los últimos capturados. Ya se acostumbraron a ser los mensajeros del comando y se mantienen impávidos ante la repetición de las indicaciones. El resto de la información impacienta al Chavetas y hace enrojecer al Tanque, quien no puede ocultar su desacuerdo, y con las mejillas saturadas de sangre se acerca a los retenidos.

—¡Párate! —ordena a Roberto—. Tú te quedas —señala al amigo.

—Dijiste que nos íbamos los dos —reclama Mariano, poniéndose de pie. La alarma se hace evidente en el ahogo de su voz.

—Siempre no.

—¿Cómo no?

—El Soldado opina que todavía aguantas y pueden sacar más por ti.

El Chavetas apunta con el AK-47 a la cabeza de Mariano y le grita que vuelva a sentarse.

—¡No me pueden hacer esto! —suplica, agachado, en cuclillas.

—De aquí no te mueves hasta que diga el Soldado —ordena el Chavetas.

"No nos movemos, cabrón", piensa Mariano, tragando el ácido que siente en la boca.

Roberto se despide de su amigo con un abrazo apresurado. No puede disimular la prisa por irse, el miedo a otro cambio súbito de planes ni la vergüenza por resultar privilegiado y dejar ahí a su compañero. Aun con los pies ulcerados cojea menos que en el último trayecto. No va cerro arriba sino, por fin, rumbo a su casa, a fundirse en los brazos de la novia y a tomar el caldo de su abuela. No vuelve la mirada ni una sola vez.

Mariano se abraza, necesita contener la impotencia. Otra palabra que aborrece. Está tan desvalido como en el auto gris azul. No. Prefiere morir que ser el juguete de nadie. Puede decidir. Ninguno de los que está ahí le ha puesto una mano encima. Lo tienen secuestrado y lo amenazan con fusiles. Nada más. ¿No es bastante? Es muchísimo pero no lo peor.

"Las nubes y el pinche ambiente tenebroso siempre sí eran mal pronóstico. Quedarse solo está de la chingada. ¿Qué pasó? El Tanque dijo que mi papá pagó junto con el de Roberto. No me haría esto. No se pudo echar para atrás. ¡Puta madre! ¡Necesito entender!".

Se levanta decidido a conocer las razones por las que no lo liberaron. El Chavetas le propina un culatazo en el estómago que lo tira al piso sin poder respirar. Se acuna en posición fetal para recobrar el aliento.

—Ya te dije que no te muevas. ¡No estoy para aguantar ni madre!

—Solo quiero saber qué pasó —dice cuando consigue tomar aire.

—Nomás que tus jefes son unos amarrados.

—El Tanque dijo…

—Vale verga lo que dijo. Cállate o te cierro la boca para siempre.

"No hay duda. El dios de Bernabé es indiferente, le importa un carajo mi suerte, o, peor, es vengativo si me está castigando por incrédulo".

Mariano reniega, sus movimientos parecen epilépticos, los músculos se contraen con cada injuria proferida. A lo lejos ve que el Chavetas hace otras llamadas. Se alegra de que el Soldado lo torture. Al menos no sufre solo. La voz del sicario despiadado llega a él como acompañamiento para su dolor de estómago. El escándalo de una chicharra, por el contrario, lo martiriza; parece maquinaria descompuesta, un ruido humano más que animal.

—Llama el agua —explica el Tanque, refiriéndose al zumbido del insecto. Quiere tranquilizar a Mariano.

—¿Eh?

—Que buscan agua o va a llover, no sé bien cuál de las dos, pero chillan por el agua. Por lo menos eso dicen en mi casa.

Un trueno estremece a los cuatro hombres. El Soldado maldice y el Chavetas no disimula una sonrisa burlona. Es claro su enojo con el jefe por obligarlo a quedarse. Dos estruendos más vuelven a alterar la calma. Las nubes plomizas se iluminan anunciando nuevos tronidos. Mariano, sin preguntar, coloca el toldo y se guarece aunque no ha caído ni una gota. Un ramalazo de aire desgarra una esquina de la lona, el plástico azul latiguea y agrega ruido a la tormenta eléctrica. De pronto, un centelleo tras otro asemeja el estallido de fuegos artificiales. No aparecen luces en lo alto.

—Órale, cabrones —grita el Chavetas, empuñando su AK-47.

El Tanque y el cabecilla, listos para disparar, se ocultan tras unos árboles. Mariano los imita. No ve nada pero las detonaciones continúan. El Soldado ordena al Chavetas cubrirlos mientras corre cuesta abajo. Pasan de un tronco a otro, de un matorral a cualquier espesura que los refugie. Mariano no se atreve a moverse. Oye pasos en distintas direcciones, otras descargas sobre su cabeza, un nuevo trueno, ráfagas, disparos más lejanos, después silencio, el repicar de la lluvia sobre las hojas caídas.

—¡Levántate! —le dice el Chavetas.

Él permanece acorazado como armadillo. Saca la cabeza de entre los brazos, mira con desconfianza a su alrededor en busca de detonaciones.

—Ándale, nomás quedamos tú y yo.

—¿Ya se fueron? ¿Quiénes eran? —pregunta antes de incorporarse.

—Los Ardillos. ¡Sígueme!

Mariano va tras los pasos del Chavetas, procura no distanciarse ni un metro. No cargan nada, dejaron el toldo y las pocas provisiones en el lugar del ataque. Caminan ladera abajo, con la vista recorren todas las direcciones, se detienen de tanto en tanto para mirar tras ellos. Todos los sentidos están en el entorno, en los rumores o zumbidos, en cualquier aleteo. El sonido del viento, los relámpagos y los animales son un estorbo para que el Chavetas se concentre en la verdadera amenaza: los responsables de la ofensiva que, según él, tenían cuentas pendientes con el Soldado.

Después de lo que a Mariano le parece un escape interminable, el secuestrador se detiene en seco. Frente a ellos está el Tanque. Por su brazo escurre sangre a pesar de que él lo aprieta.

—¿Están bien? —cuestiona el joven herido con la espalda contra un tronco.

—La libramos, ¿ustedes? —pregunta el Chavetas.

—El Soldado quedó acá cerca —indica el Tanque, señalando su lado izquierdo.

—¿Y tú?

—Me dieron dos pero de rozón —con el índice se apunta al brazo y al hombro.

—¡Hay que seguirle! —ordena el Chavetas.

—No podemos dejar al jefe ahí —dice el Tanque

—No nos vamos a arriesgar. Solo hay que asegurarnos de que no quede vivo porque nos mata.

En tanto el Chavetas se cerciora de la muerte del Soldado, el Tanque pide ayuda a Mariano. Él, con las manos sobre las rodillas, respira con dificultad. No se había dado cuenta de que su corazón late desbocado por el esfuerzo de la huida y la conmoción.

—Tú, que eres doctor, échame la mano —ruega el muchacho. Su cara está lívida y la voz se le corta.

—Dijiste que me iban a soltar.

—Fue cosa del Soldado. Yo he sido de ley contigo.

Los ojos de Mariano se fijan en los botines que ahora calza. El tercer par de zapatos cortesía de su amigo-secuestrador. Las chanclas le salvaron los empeines, por los tenis sus dedos están menos negros y los que tiene puestos le hacen más llevaderas las cuestas escarpadas. Lo ayudaron a caminar pero no a que le devolvieran su libertad.

—¿Por qué Roberto sí y yo no? —inquiere sin acercarse al Tanque ni un ápice.

—No tuve nada que ver. ¡Ayúdame! —ruega el muchacho con los ojos contraídos.

Negando, Mariano inhala. No puede creer que debe auxiliar a uno de sus verdugos. Por su mente cruza la idea de correr antes de que vuelva el Chavetas. El Tanque adivina su intención; le advierte que no se haga el valiente, que su compañero lo alcanzaría en dos minutos y no tendría compasión. "Es verdad, conoce el cerro de memoria", piensa, valorando la posibilidad de aliarse con el Tanque para acabar librándose de ese suplicio que ya dura más de tres semanas. Le ordena al herido que se quite la camisa y se la ata al brazo por encima del codo, donde un orificio arroja sangre; después se desprende de su camiseta desgarrada, la dobla y la pega al hombro del herido.

—Apriétala fuerte, así se contiene el sangrado.

—¿Adónde vamos? —pregunta el Tanque al Chavetas que lleva el AR-15 del Soldado y los apremia a moverse.

—A Teloloapan —responde el nuevo líder. Se pone los lentes que no perdió en el escape y toma también el arma del Tanque.

Lleva dos fusiles colgados y empuña el suyo—. ¡Síganme! —Uno está madreado y al otro no le conviene perderse.

Tanto el Tanque como Mariano tienen dificultad para ir a la velocidad del Chavetas. El terreno lodoso dificulta el descenso, los hace resbalar sobre la maleza y pone a prueba la resistencia de Mariano que auxilia al herido. Con los pasos crecen las manchas de sangre en la ropa de ambos.

—La urgencia por llegar a su casa lo vuelve imprudente —susurra el Tanque con las fuerzas mermadas.

—Vamos a parar —pide Mariano. Le preocupa el rostro traslúcido del Tanque y también sus opiniones. Por nada del mundo quiere quedarse solo con el Chavetas.

—Falta poco. Es más fácil que te mueras aquí que abajo.

La pendiente aumenta y entorpece el avance. Por momentos deben sostenerse de ramas o arbustos para poder dar un paso sin resbalar. Mariano casi carga al Tanque. Supone que al llegar a la ciudad tendrá que ocuparse de su salud mientras el Chavetas se distraerá con los asuntos del hijo y entonces él será libre para buscar un teléfono y hablar a su casa.

—Ahora sí me vas a decir qué le pasó a su chavito. Por algo fue capaz de dejar tirado al Soldado y andamos como caballos desbocados —dice Mariano, cuidando que no lo oiga el Chavetas.

—No sé —responde el Tanque con la voz cortada—. Algo canijo, creo.

—¿Estará enfermo?

—Grave, nunca había visto al Chavetas tan desesperado —responde el Tanque con la voz más débil y recargándose por completo en los hombros de Mariano.

De súbito el Chavetas se detiene, a lo lejos se ven las primeras construcciones de Teloloapan.

—Entramos por el lado del deshuesadero —dice al revisar los alrededores.

Toma un sendero zanjado a base de pisadas y apresura el paso. Pide a sus seguidores que se den prisa, cuanto antes deben perderse en las calles. De nuevo Mariano siente el impulso de huir.

Teme los balazos del Chavetas aunque es claro que intenta pasar inadvertido. Tendrá que esperar un momento más oportuno. "En cuanto vea una posibilidad, me pelo".

SEGUNDA PARTE

XIV

Los confines de Teloloapan están incrustados en el cerro. En las faldas del monte nacen casas de hormigón que se van alejando de él sobre calles terrosas. Frente a las primeras construcciones el Chavetas localiza una camioneta negra, corre hasta ella, ocupa el asiento del copiloto e indica a dos hombres que asistan a Mariano con el Tanque. Entre los tres cargan al herido hasta la parte trasera del vehículo. Le ordenan a Mariano que suba y sostenga al compañero casi desfallecido.

De inmediato se acomoda y coloca la cabeza del Tanque sobre sus piernas. Se alegra de volver a un espacio habitado. Desde el Jetta blanco en que comenzó el cautiverio no había vuelto a ver un auto. Esta vez no va apretado ni siente que puede estar viviendo los últimos minutos de vida; se encuentra cómodo con la espalda contra la cabina y el aire alborotándole el pelo. Percibe el viento en el torso desnudo y teme que, por la pérdida de sangre, el secuestrador esté al borde de la hipotermia. La Canyon salta sobre el pavimento fracturado. Mariano coloca la yema de dos dedos en el cuello ensangrentado del Tanque: el pulso es bajo pero no alarmante. Se concentra en el camino, paredes sin encalar se alternan con otras amarillas, verdes, azules o rojas. Pasan una farmacia, una estética, al menos tres misceláneas y multitud de viviendas. Después de un campo de futbol dan tres vueltas, todas a la izquierda, y se detienen frente a un portón negro que los engulle a una velocidad asombrosa.

El Chavetas entra en la propiedad sin decir palabra; el conductor y su compañero bajan con sus respectivas armas más las recogidas por su jefe, abren la parte trasera de la camioneta, cargan al Tanque y le ordenan a Mariano ir por delante. Lo empujan hasta un cuarto apenas amueblado, sin ventanas, al fondo del garaje. Ahí tienden al joven baleado sin hacer caso de sus quejidos.

—¿Qué necesitas? —le pregunta uno de los hombres a Mariano.

Adivina que se refieren al material para hacer las curaciones y enuncia un listado que deberían encontrar en una farmacia medianamente surtida. Solicita también un antibiótico y un equipo de sutura.

—¿Pueden conseguirlos?

—¡A güevo! — contestan los hombres al mismo tiempo, divertidos por la ingenuidad de Mariano. Él, de momento, les pide con urgencia toallas, agua, jabón. Quiere adelantar el aseado.

—Ah, una cobija para calentarlo y un cinturón o una cuerda, por favor —les dice cuando ellos ya le dan la espalda.

Examina las lesiones del Tanque. La camiseta y la camisa-torniquete escurren sangre pero opta por no removerlas hasta que tenga con qué sustituirlas. Le urge detener la hemorragia, no cuenta con los medios para enfrentar un colapso. Los ojos del herido son unas hendiduras, las pupilas opacas apenas responden y la respiración es irregular.

—Ahí tienes. Vamos por tus encargos —dicen los secuaces del Chavetas y avientan a los pies de la cama un par de toallas, una botella de agua y un pedazo de jabón.

Mariano limpia las heridas con las toallas, y después, sudando por el esfuerzo, las desgarra, las convierte en vendajes. Como no le entregaron ninguna cuerda se las arregla lo mejor que puede y fabrica un torniquete.

Más tarde, en cuanto tiene a mano el material médico, canaliza una vena en el brazo sano del Tanque, debe reponer fluidos cuanto antes y pasar el antibiótico. Enseguida se aboca a sacar la munición, revisa que la arteria braquial esté intacta, trata de reparar el bíceps rasgado y sutura el orificio. El rasguño del hombro tan solo requiere limpieza y varias puntadas.

Al terminar la curación se dispone a sentarse en un catre, separado de la cama por medio metro, cuando recibe un aplauso. Es el Chavetas que lo observó trabajar desde el marco de la puerta.

—¡Suerte que tuvo el Tanquecito de que te quedaras y yo te salvara de Los Ardillos! No como el Soldado, que te la jugó chueca por ambicioso. No le salió, se quedó para comida de alimañas. Ahora tú me vas a regresar el favorcito. ¡Ven!

En su papel de médico, Mariano cobija al Tanque hasta el pecho y después va tras el Chavetas. Una loseta color barro cubre el suelo de la casa, incluso las escaleras, la cocina, el comedor y las habitaciones del piso superior. La última es la más grande, tiene una cama doble con un niño rodeado de juguetes: figuras de superhéroes tiradas sin orden, una pistola de balas de goma, una consola de videojuegos con el control desconectado y una PSP en la otra orilla del colchón.

—Es mi hijo —anuncia el secuestrador—. Quiero que a él también lo cures.

Sin asimilar aún su deuda con el Chavetas, Mariano se pregunta si en verdad el peor de los raptores lo cuidó de los balazos mientras permanecía escondido tras un tronco para llevarlo a atender a su hijo. Lo único claro es que no tiene más remedio que procurar aliviar al niño. En cuanto da el primer paso comprende que el pequeño no está enfermo. Sus ojos no tienen signos de fiebre, las mejillas no están coloradas y no hay medicamentos alrededor. Se aproxima, comienza por preguntarle su nombre.

El chico se retrae, gira la cara, evita la mirada del extraño.

—No te va a lastimar —dice el papá con una dulzura que Mariano jamás oyó antes en su voz—. Es un doctor, te va a mejorar.

—¿Cómo te llamas? Yo soy Mariano —insiste él.

—Sebastián —dice la madre ante el mutismo del niño.

Es ella quien se acerca para explicar la situación: a su angelito no le interesa jugar ni ver a los amigos. Se niega a regresar a la escuela. Ni siquiera se entusiasma con ir al mar ahora que volvió su papá de trabajar. Consciente de los ojos justicieros de su esposo, entre susurros le ofrece a Mariano seguir cualquier instrucción al pie de la letra.

—¿Qué pasó? —dice Mariano en voz baja.

—Mire —dice la madre apretándose las manos—. En la escuela… —se interrumpe de nuevo—, un cura se quiso pasar de listo, ¿entiende?

—¿Qué puedo hacer? —responde él, inmóvil. No acaba de creer que en lugar de escapar del infierno aparezcan más demonios.

—Véalo, ayúdelo.

Lo último que él quiere es llenarse de más historias asfixiantes. Cuántas veces debe revivir por lo que atravesó de pequeño. El Chavetas, viéndolo inmóvil, lo apura. Aunque los ojos del secuestrador gritan que desearía sacar una pistola y obligarlo a actuar, sus palabras brotan contenidas ante el niño. Mariano se acerca al chico y se topa con otra negativa.

—Es mejor no molestarlo. Vamos afuera —sugiere.

Lejos de la habitación, indaga sobre los cambios de comportamiento, si se alteró el sueño, si aparecieron pesadillas o disminuyó el apetito. La madre, preocupada, cuenta que su hijo ha gritado dos veces a medianoche y habla poco; sin embargo, come con normalidad.

—No se preocupe, todo va a pasar —responde él, preguntándose qué fármaco o qué tiempo arregla el dolor de la memoria.

—Tienes que curarlo —exige el Chavetas al oír las últimas palabras de Mariano.

—Necesita a alguien capacitado. Un terapeuta.

—Pues hazla de eso porque ahorita está cabrón moverse. Traer desconocidos es hacer señales de humo. De por sí me la voy a jugar para saldarle las cuentas a mi hijito en un par de días. Nomás primero quiero verlo recuperado.

El plagiario vuelve a la habitación. La madre confiesa a Mariano que, según ella, lo que tiene su hijo es vergüenza.

—No se lo digo a mi esposo, para él eso no es de hombres.

—Ándale. Ven a atender a mi chamaco —grita el Chavetas.

Mariano regresa al cuarto. El jefe se despide de su hijo con la promesa de comprarle un videojuego y un cachorro si se levanta forzudo, como deben ser los hombres de su familia. Incluso reitera que va a tomarse unos días para ir al mar.

—Ya no necesito permiso. Solo hace falta que estés contento. Tienes dos días —dice, refiriéndose a Mariano, antes de salir de la habitación.

"Me está dando cuarenta y ocho horas para que consiga ¿qué?, ¿hacer reír al niño?, ¿o que se abrace el cuello de su papá cada vez que aparezca? La mamá tiene razón, lo que hay adentro de Sebastián es vergüenza. Y no se quita en dos días".

XV

Las horas pasan entre visitas al cuarto del garaje, a la habitación de Sebastián y recesos para comer. Mariano siempre va escoltado por un hombre del Chavetas que carga un revólver bajo la camisa, oculto a la vista del niño.

Los momentos más agradables son las comidas; las supervisa la señora de la casa y las prepara una joven en la cocina. Es verdad que después de las escasas galletas o las sobras de barbacoa cualquier platillo es un manjar, pero más cierto es que las manos de Alma son un sazonador prodigioso. Vio a la muchacha por primera vez al bajar de la habitación de Sebastián. Le atrajo el olor de la cocina y se topó con una sonrisa: garantía de que en esos dominios no corría peligro. Desde entonces, incluso a deshoras y seguido por un hombre armado, saborea tortillas calientes, guisos o cucharadas del postre favorito del niño: una crema de limón que se acurruca entre el paladar y la lengua. Cada vez que pasa por la cocina aprovecha para ver el brillo de los ojos negros de Alma. Le impresiona la agilidad con la que pica y baila o canta y limpia. Su cintura gobierna el movimiento de las manos y el contoneo de unas caderas ni amplias ni estrechas que se mecen al compás de unos senos generosos.

Pese al plazo de dos días impuesto por el Chavetas, Mariano pasa más tiempo monitoreando al Tanque que atestiguando la apatía del pequeño. Además, los medicamentos que administra al joven no solo previenen infecciones, recuperan hemoglobina y calman el dolor, sino que también le aflojan la lengua: narra capturas, habla de los bríos que produce eliminar a un halcón del bando opuesto o a un traidor, describe la descarga que sale del pecho, recorre el brazo y le da puntería. Harta puntería, según sus palabras. Mariano asume que se refiere a la adrenalina. Se asombra de la normalidad con la que detalla tablazos, extremidades cercenadas, fracturas y degollados. Algo en él se estimula con esa violencia que debiera resultarle espeluznante, quizá porque la boca del Tanque le confiere una finalidad. Él tiene claro que es una visión muy particular, que nada justifica los ultrajes, que su circunstancia es resultado de ellos, y sin embargo le atraen las crónicas de venganza.

El ultimátum del Chavetas lo obliga a alejarse de las historias brutales para seguir con su papel de médico de almas. Visita a Sebastián cada dos o tres horas, intenta conversar con él, y si acaso recibe un asentimiento como respuesta. Por miedo, más que por cuestiones médicas, le receta duloxetina. Sin usar términos como neurotransmisores o serotonina, explica a la madre que la función del fármaco es lograr que la cabeza no se fije en lo negativo. Aprovecha también para agradecer la comida, para elogiar el sabor que ella y la joven cocinera consiguen. La madre toma nota de la medicina y responde que la va a mandar comprar en ese instante.

La reticencia de Sebastián no cede. Mariano, por mero aburrimiento, toma uno de los superhéroes. Iron Man. No sabe qué hacer con él, le mueve las articulaciones. Es su preferido: sus poderes no son sobrenaturales sino creados por su propia inteligencia. Comparte la idea con el pequeño, le habla del mérito de construir una identidad poderosa a través de la razón.

—¿Cuál es tu predilecto? —pregunta.

—Doctor Strange.

—¿Por?

—Hace magia.

—Estaría bueno tener poderes, ¿verdad?

De pronto, recuerda uno de sus cuentos preferidos de la infancia y decide narrarlo. No tiene que ver con superhéroes pero sí con magia.

Una tarde, un dentista estaba a punto de cerrar el consultorio cuando llegó una viejita con dolor de muelas. El hombre la atendió con prisas y de mal modo le cobró el trabajo. La anciana se disculpó, no tenía dinero, pero a cambio le ofreció tres higos mágicos capaces de cumplir sueños. Él, enfurecido, la corrió, guardó los frutos en una bolsa y al llegar a su casa se desquitó con el perro, lo pateó y se negó a sacarlo a pasear. Optó por cenar uno de los higos e irse a la cama. A la mañana siguiente, al salir a la calle, vio la Torre Eiffel doblada, y unas cuadras más adelante descubrió en su reflejo sobre un escaparate que solo llevaba puestos los calzones. Corrió a su casa impresionado, en realidad los higos eran mágicos: la noche anterior había soñado esas mismas locuras. Decidió guardar los dos higos restantes mientras entrenaba su mente a soñar riquezas, como aviones, yates y autos deportivos. Por fin, una noche consideró que ya estaba listo. Colocó los higos en un plato sobre la mesa, y en el momento en que se levantó por los cubiertos, el perro se los tragó. El dentista perdió los estribos, le dio una paliza al animal y se fue a dormir frustrado. Cuando se despertó estaba en el piso, caminaba a cuatro patas y no podía hablar, solo ladrar. El perro, acostado en la cama, le dijo: "Sácate, eres un estorbo."

—El perrito soñó que él era el dueño —dice el niño.

—¡Exacto!

—Y lo trató mal, como le hacían a él.

—Ajá.

Sebastián esboza una sonrisa, incipiente, pero sonrisa.

Mariano se alegra de que al pequeño le haya gustado el cuento. Teme que la moraleja no sea la mejor dada la ocupación del papá. Si el Chavetas es un sicario-raptor no le conviene invertir papeles con nadie. El karma, piensa, no debe ser una creencia en esta casa, de seguro prefieren la revancha, sobre todo si el desquite les corresponde.

La madre entra, se entusiasma al ver que su hijo habla con Mariano.

—Los higos sirvieron por pura suerte. Es mejor tener los poderes en el cuerpo —sentencia Sebastián.

—Pues sí, más a mano —Mariano hace un guiño a la mujer.

Baja la escalera preguntándose si su mala suerte se volteará un día, si los criminales de esa casa acabarán encerrados y él libre, si Sebastián quedará huérfano por las crueldades de su papá. Estuvo a punto de conocer la violencia de muy cerca. ¡Qué complicada es la justicia! A Mariano le gustaría saber qué fue del vejete degenerado que se aprovechó de él, le daría gusto saber que se arrepintió, que pagó lo que le hizo. "¿Y si acabó en manos de un cuidador de ancianos ansioso de agujeros viejos?". Al pasar por la cocina se desvanece la imagen y saluda a Alma. Ella le da a probar un pollo con verdolagas recién hecho, también le ofrece al escolta.

—Buenísimo —dice Mariano, relamiéndose los labios.

—¡Mmm! —El guardia saborea un pedazo de pan untado con la salsa y empuja a su custodiado hacia el garaje.

El vigilante permanece afuera del cuarto. El Tanque duerme. A pesar de que Mariano se acerca con delicadeza, al revisarle el brazo lo espabila.

—Ya te puedes parar sin problema. Nada más hay que cuidar la herida.

—No digas nada todavía —pide el Tanque—. No sé cómo voy a quedar ahora que ya no está el Soldado.

—¿Con el Chavetas? —Mariano se sienta en su catre.

—Él tiene a su gente.

—Por algo te trajo hasta acá —se acuesta con los brazos bajo la nuca.

—*Pa'* controlarme y callarme.

—A lo mejor con lo del hijo se suaviza.

—Se va a poner peor.

—¿No lo verá como que la vida le quiere cobrar deudas?

EL DOLOR DE LA MEMORIA

—Hasta crees.

—Pues se le murió el Soldado y se llevó un pinche susto con su chavito.

—A saber qué pasó con el jefe. A mí me olió mal que llegaran Los Ardillos justo cuando mandó entregar a tu amigo, justo cuando nos quedamos pocos.

—¿Qué estás diciendo? —interroga Mariano con el entrecejo arrugado, volviendo a sentarse.

—Hay que andarnos a las vivas.

—¿Y yo?

—Tú algún día te vas a ir, no sé si el Chavetas te suelte por ayudar al niño o si pida más lana por ti, pero mientras cierres la boca, vas a regresar a tu vida y nada de esto se va a ir contigo; en cambio, yo acá me quedo, vivo o muerto, pero acá me quedo, para mí no hay opción, no hay otra vida esperándome en ningún lado.

Las palabras del Tanque despiertan la conmiseración de Mariano. "Pobre cuate, según su testimonio no escogió el secuestro como profesión. Lo enrolaron". Se sacude la aprensión para acariciar la posibilidad de volver a casa. No lo ve tan claro como su narcoamigo. Qué tal que ahora sabe demasiado, conoce esa casa y a la familia del Chavetas. Así se lo plantea al Tanque.

—La casa vale madres, al rato se mueven a otra parte y qué importa que conozcas al niño, también lo cambian de ciudad. Me imagino que te van a amenazar con que saben quién eres y pueden matar a tu familia, pero no creo que seas tan pendejo para andar de hocicón, y la neta es que hay mucha chamba como para picarse con un solo güey.

Mariano asiente, la lógica del Tanque parece sensata. Lo malo es que desde el ataque de Los Ardillos nadie ha vuelto a mencionar su liberación.

XVI

Los cuentos alimentan la imaginación de Sebastián, le permiten sentirse más poderoso que Doctor Strange, y Mariano descubre que en las vidas de los superhéroes son frecuentes las infancias trágicas: Supermán es huérfano de padres y hogar pues Kryptón, su planeta, fue destruido; Batman presenció el brutal asesinato de sus papás; Linterna Verde es el único sobreviviente de la caída de un meteorito; Iron Man fue secuestrado y baleado mientras que Hulk enfrentó una sobrecarga de radiación; el favorito de Sebastián no pudo seguir su carrera de cirujano por culpa de un accidente. Casi todos debieron superar una catástrofe o desgracia antes de convertirse en justicieros. También se construyeron un *alter ego* que les permite una vida normal y otra de aventuras, siempre por encima de la ley, destinada a destruir villanos desalmados. Gracias a sus poderes son más efectivos que la policía.

"Con razón les gustan los superhéroes a los niños", piensa Mariano. Ya quisiera él que alguno entrara por la ventana y lo regresara a su casa. Si creara uno, lo dotaría de arpones venenosos destinados a los delincuentes y de lanzas antitóxicas contra el miedo que ocasionan en los perjudicados. Imagina una toxina diseñada para invertir las emociones. No consigue visualizar al Chavetas derramando una sola lágrima de arrepentimiento ni se ve a sí mismo secuestrándolo.

—¿Cómo harías a tu superhéroe? —le pregunta a Sebastián.

—Igual a Doctor Strange, pero me pondría una máscara. ¿Y tú qué poder tendrías?

—Creo que venenos y antídotos.

—Como víbora.

—A lo mejor.

No lo había pensado, pero la serpiente es parte del símbolo médico y significa renacimiento. Sebastián se aboca a esbozar los atuendos; a una copia fiel de Doctor Strange le añade una máscara azul con alas emplumadas en los extremos; también se las dibuja a las botas.

—Como los pies de Hermes —dice al levantar la hoja ante los ojos de Mariano.

Las habilidades artísticas del pequeño son notorias. Destacan en el traje de serpiente color verde y arena, repleto de escamas, con lenguas venenosas y curativas entre los dedos de ambas manos.

—Como las garras de Wolverine —anuncia el niño antes de que llegue la cena y Mariano se despida para acompañar al Tanque.

—Hasta mañana —responde el pequeño en el momento en que su padre entra a la habitación.

Después de acercarse a su hijo, de tomarle la barbilla y decirle a los ojos que es todo un hombrecito, el Chavetas con un gesto le indica a Mariano que desea hablarle. En el pasillo palmea la espalda del doctorcito, como ahora lo llama, y lo felicita porque la medicina consiguió alegrar a Sebastián. Él evita mencionar que la duloxetina no es de efecto inmediato y que lo mejor para el niño es distraerse, sentirse seguro. El sicario pregunta por la recuperación del Tanque. Mariano da cuenta de las mejorías, y algo inquieto miente al decir que aún necesita reposo.

—Pues que aproveche. Dentro de poco arrancamos. Ah, mañana a lo mejor me acompañas a mi encargo, así ves que valieron la pena tus cuidados a mi chamaco y que nadie toca a mi familia.

Es el Tanque quien le aclara a Mariano lo dicho por el Chavetas. No les quedan muchos días ahí, deben cambiar de lugar.

—El Ejército se mueve menos rápido, el peor peligro son Los Ardillos o cualquiera que mande el jefazo.

—¿Los andan buscando?

—*Pa'* saber qué pasó. De seguro el Chavetas se puso de acuerdo con el otro grupo armado. Le andaba por venir a Teloloapan y se buscó el modo más rápido de deshacerse del Soldado. Lo jodido es que al jefazo le enchilan las traiciones y perder a su gente. Ha de estar encabronado con nosotros.

—¿Nosotros?

—El Chavetas nos llevó entre las patas. A ver quién nos quiere oír.

—No jodas. Ustedes son una maldición. Primero el secuestro y ahora estoy embarrado con complots y traiciones. Yo vi al Chavetas llamar por teléfono varias veces. ¿Crees que se puso de acuerdo?

—Cuando dizque hablaba con su vieja, ¿verdad?

Mariano asiente.

—Seguro se organizó con el pelón para que nos cayeran Los Ardillos. ¡Hijo de la chingada! Por eso nos dieron macizo al Soldado y a mí, en cambio ustedes salieron limpios. Ese pinche pelón siempre fue un traidor, un traidor muy idiota —el Tanque levanta los ojos al techo para indicar a Mariano que no es el único que se siente atropellado por enésima vez.

Permanecen en silencio. Él, convaleciente, cuchareando un caldo de pollo con menudencias antes de probar las enchiladas que todavía humean, y Mariano repasando las ideas recién escuchadas.

Esa noche da vueltas sobre el catre. Preferiría volver al cuarto de Sebastián o lavar ollas en la cocina antes que seguir rogando por su suerte. Está cansado de la inquietud que lo acompaña a cada paso. Es cierto que los últimos días en la casa han sido los mejores del mes de cautiverio, pero sigue secuestrado aunque la comida parezca una recompensa y las paredes le den más contención que los árboles. No podría volver al cerro, a las caminatas incesantes y a las inclemencias del clima. Por su mente surca la idea de intentar llamar a su casa, de tranquilizar a sus padres, de preguntar si pagaron su rescate.

—Tanque. Tanque.

—¿Qué? —dice una voz adormilada.

— ¿Por qué no me fui con Roberto?

—El Soldado se dio cuenta de que tus jefes podían aflojar más.

—¿Pero mi papá sí pagó?

—Ey.

—¿Habrán hablado con él desde que estamos aquí?

—Seguro.

—Debe estar asustado, solo regresó Roberto.

—Ey, ya duérmete.

—¿Podré preguntarle al Chavetas?

—Ve de qué humor anda. Deja dormir.

Mariano se recuesta en el catre: una cama de rey comparada con el colchón de tierra y las almohadas de ramas. Recuerda la suya con sábanas blancas, con edredón de plumas. Se llena de confusión. Si volviera a su casa, ¿sería el mismo Mariano que dormía con la preocupación de los exámenes? Le parece improbable. Siente que se esfumó el hijo de familia, el compañero de clase y el amigo de su puñado de amigos.

XVII

De pronto se abre la puerta del cuarto. El jefe, decidido a llevar a Mariano al ajuste de cuentas, lo encuentra sentado en el catre y lo apura a alcanzarlo en el garaje. Él vuelve a ponerse los botines que acababa de quitarse, se echa agua en la cara y el espejo le corrobora que no es el mismo de hace cuatro semanas, no nada más por los kilos perdidos, la barba crecida y el pelo sobre las orejas, sino porque habita un submundo en el que no tiene cabida la palabra normalidad, el submundo de la violencia.

En medio de la oscuridad, la misma camioneta Canyon negra que lo llevó a esa casa lo saca de ella. Desconoce adónde va o qué se espera de él. Por un instante cree posible que lo liberen por su ayuda médica como le dijo el Tanque. Va en la parte trasera de la *pick-up* con uno de los guardianes, dos más acompañan al Chavetas en la cabina. Dejan atrás la ciudad para circular por carreteras irregulares que acunan su sueño. No puede calcular el tiempo transcurrido cuando abre los ojos y descubre un señalamiento hacia Chilapa de Álvarez. Poco después ve calles llenas de casas, algunas tiendas cerradas, una vulcanizadora, más viviendas, y a lo lejos una catedral con dos torres iluminadas en color violeta. Demasiado moderna para su gusto. Pasan un colegio de ventanas enmarcadas en color ladrillo, una plaza arbolada, un antro que escupe música y borrachos, más calles, y finalmente el seminario donde les aseguraron que se esconde el sacerdote.

Bajan de la camioneta en absoluto silencio. Las armas van por delante de los pies. El grupo avanza hasta un portón de lámina que se considera de abastecimiento pues la entrada principal está a la vuelta. Entre dos cortan la hoja de fierro con facilidad, como si les fuera habitual segar metales. Llegan a un patio central donde los ojos del Chavetas se enfrentan a demasiadas puertas: dos pisos repletos de celdas.

—¡Chingada madre!, hay que sacar a todos —la frustración es evidente en sus gestos.

Dispara al aire para despertar a los habitantes de esos muros. Consigue que diversos rostros lo miren aterrorizados. Muchos regresan a sus cámaras en busca de refugio.

—¡Afuera todos! —grita antes de enviar a uno de sus hombres a corroborar que nadie se esconde—. A los que se veas chamacos, déjalos. Bájame a los viejos mañosos.

Los hombres del Chavetas alinean a los religiosos con ropa de dormir en el patio. El jefe se acerca con una linterna en una mano y su AK-47 en la otra. Al recorrer la fila roza la barbilla de cada cura con el cañón del arma y observa las caras, una a una, hasta que su boca se tuerce en una mueca de asco. Pasa la linterna a uno de los cómplices para sujetar al hombre del brazo.

—Lárguense —ordena al resto—. Este hijo de puta se viene con nosotros.

Los murmullos de los sacerdotes acompañan la salida de los asaltantes con su correligionario. Los siguen hasta la puerta. Mariano se queda con los encargados de que los otros curas permanezcan adentro. Los observa unir las manos para iniciar una oración por el bienestar de su hermano. Se cuestiona si sabrán de sus perversiones, si pensarán que oran por un santo o si todos están tan corrompidos que se encubren entre ellos. Un chiflido indica a los vigilantes que corran hasta la *pick-up*. Al lado de Mariano, en la caja, con un saco cubriéndole la cabeza, van el sacerdote y dos sicarios. En la cabina solo queda el Chavetas con el conductor.

De nuevo se pierden en carreteras poco transitadas hasta que se detienen en un bosque de encinos. Con golpes obligan al cura a caminar hasta el tronco de un árbol y le descubren la cabeza. El hombre ruega en cuanto el Chavetas lo encara, le llama hijo, le recuerda el cielo para los piadosos, se desentiende de nexos con cualquier mala acción, pide clemencia. Los cuatro espectadores disfrutan del despliegue de súplicas, se ríen de los ojos llorosos y la voz ahogada. Mariano se mantiene a distancia, una parte suya goza el terror del cura, sus manos unidas para pedir compasión cuando con Sebastián debieron estar llenas de lujuria. Desconoce si el niño corrió o si alguien lo auxilió. No piensa preguntar. Tiene la información necesaria: los recuerdos, la memoria corporal, el vacío interno. De pronto los dedos del sacerdote son los de las uñas cortísimas que escarbaron en su *short* y el miembro que cuelga del cuerpo ya desnudo es el mismo hipócrita que nunca se dio a notar frente a los adultos de su casa.

El cielo ofrece una noche llena de estrellas, de luna creciente y luz tenue. Bajo las constelaciones tienden al sacerdote en el piso, lo atan con manos y piernas extendidas, separadas.

—Esa chingadera parece gusano —se burla uno y señala el glande contraído.

El Chavetas saca de su cinto un puñal de hoja gruesa, dentada, negra como el mango. Se asegura de aclarar la razón de cada uno de sus cuchillazos; los primeros, superficiales, son mero calentamiento o diversión que arranca gritos al torturado. Se vuelven gemidos cuando pierde dos falanges del índice. Para Mariano queda claro que el dolor proviene de los nervios digitales palmares, de segmentar el primer dorsal interóseo.

—Por tocar a mi hijo, cabrón. —dice el Chavetas, hundiendo el puñal en la carne del anular.

El sacerdote se desvanece. Uno de los hombres del Chavetas le tira agua en la cara. No lo quieren desmayado sino despierto, sintiendo cada patada, cada corte. Bromean sobre la poca tolerancia del cura desnudo, sin dedos.

—¿No que muy macho? No aguantas ni unos piquetes —se burla uno al patear el meñique.

Mariano observa. La sangre se lleva los dedos del religioso, y en su ensoñación también las uñas cortas del chofer, una a una. El Chavetas se toma un descanso, con satisfacción observa las manos mutiladas. Apenas dos minutos después ordena a uno de sus hombres que sostenga el escroto del victimario de su hijo. Da dos tajos y el par de testículos queda entre los dedos del ayudante. Las carcajadas estruendosas no encubren un bramido lastimoso que se pierde en la vegetación. Solo uno de los asistentes contiene una arcada y retrocede ante el torrente rojo que brota de entre las piernas. "La arteria escrotal anterior y la posterior", se dice Mariano.

El cómplice sujeta ahora el pene escurridizo. El Chavetas lo aparta para agarrarlo él mismo antes de amputarlo.

—Muchos güevos, ¿verdad, cabrón? —toma el arma y apunta a la cabeza del sacerdote.

Mariano desvía la mirada. Está acostumbrado a la sangre, no al suplicio, a la violencia ni al asesinato. Por un momento fantaseó con ver en la boca del clérigo el pene moribundo, con extinguir así los "Te gusta" que lo sometieron. Un estruendo lo sacude, no desea ver el rostro desfigurado. Otro disparo lo asusta. Pensó que el Chavetas ya había concluido su venganza. En una ojeada descubre que el sicario se negó a regalar un tiro en la cabeza, que prefirió darle en el vientre para asegurar una muerte lenta.

—Vámonos —ordena el líder.

Con las armas en alto los sicarios festejan la venganza, el triunfo de su justicia. Uno de ellos elogia a Mariano.

—Saliste aguantador.

—Así acaban los que se pasan de lanza —dice el Chavetas.

Mariano tiene la boca seca, le sabe a ácido. El sicario sentado a su lado le ofrece una botella de aguardiente.

XVIII

Regresan en pleno día, después de arrullar la adrenalina con el bamboleo de la camioneta. Hubieran deseado dormir pero no podían darse el lujo de bajar la guardia. El Chavetas alaba el desempeño del equipo, y tras recuperar los lentes oscuros que no usó durante la represalia, ofrece regalarles el día de descanso y una cena con pozole, pan de arroz y mucho mezcal.

Mariano entra al cuarto, y ante la mirada curiosa del Tanque va directamente al baño, abre la regadera, se quita los zapatos, y vestido, se mete bajo el chorro. Se talla la cara y su memoria repasa lo ocurrido sin tener claro qué eventos sucedieron y cuáles son parte de su fantasía. Se desprende de la ropa, percibe el líquido en el pecho. Todo él está en ese cuerpo. En cambio, cuando se recuerda sobre la vestidura azul del auto se siente separado: sus ojos miran lo que le ocurre a su cuerpo. Agradece que la vida de su depredador no haya estado nunca en sus manos. Por más que haya imaginado desquites, es mejor que desapareciera, como será mejor que no vuelva a acordarse de los captores cuando por fin lo dejen libre.

Envuelto en una toalla vieja se sienta en la orilla del catre. "¡Putos curas! ¿A qué pendejo se le ocurre meterse con el hijo de un narco? Y otro, igual de estúpido, me hizo cargar con la culpa. En serio, los niños deberían tener espinas como las ceibas jóvenes, es increíble que en menos de un mes conocí a uno secuestrado, a otro cuasi abusado y a mi antiguo yo reteabusado. Por lo menos el güerito francés debe estar en su casa haciéndola de héroe. ¿Qué parte buena tenemos para contar Sebastián o yo? Nada. Pura vergüenza. Puede que él esté peor con tantos ojos encima. Yo, calladito, me salvé de la lástima y los chismes. ¿A quién iba a contarle todo? No había nadie. La esposa del Chavetas es más valiente que mi mamá y él nunca dudó de su hijo, aunque no creo que a Sebastián le alegre lo que hizo su papá. Menos mal que no lo sabe".

Del pelo le caen gotas que escurren por la espalda. Coloca la cabeza entre las manos y se la aprieta.

—¿Qué te pasa?, ¿adónde te llevaron? —pregunta el Tanque.

—El Chavetas se deshizo del curita cabrón —responde Mariano con fingida indiferencia.

—Estaba cantado. ¿Se los arrancó?

—Sí, y lo dejó medio muerto.

—¿Y?

Mariano no responde, mira al piso.

—Ni los ojos te tapaste, ¿eh? Era un hijo de la rechingada —dice el Tanque con naturalidad, rascándose por encima de la cicatriz.

—Tampoco es que quiera dedicarme a lo mismo que ustedes —contesta Mariano, con la sensación de que las últimas vértebras cervicales engruesan hasta ahogarlo.

—Como si se pudiera escoger.

Mariano mira al compañero de cuarto. Asiente. El Tanque tiene razón. No siempre es posible elegir. El último mes se lo ha enseñado.

—Por eso te eché la mano, no era chingón ver que se les jodían las piernas. Ya te dije que una cosa es darle en la madre a un halcón culero y otra es andarse cargando con deudas. Pero igual esa no es tu bronca. Sigo pensando que van a cobrar tu rescate otra vez y te vas a ir.

—Ojalá tengas boca de profeta—contesta Mariano. Viste los *jeans* con los que lo apresaron y se acuesta sobre la espalda. Pone las palmas bajo la nuca y la mirada en el aplanado del techo

—¿De veras me van a dejar ir?

—Voy a que sí.

A media tarde, el Chavetas despierta a Mariano, le dice que vaya a acompañar a Sebastián. Obediente, sube al segundo piso. Se encuentra con el niño vestido con una camiseta del Hombre Araña, peinado, agitando un nuevo dibujo del traje de serpiente: tanto las manos como los pies están detallados en la esquina superior de la hoja, los arpones diestros son venenosos mientras que los de la izquierda contienen antídotos.

—Era complicado que cada mano y cada pata tuviera las dos cosas —aclara Sebastián, feliz por recibir las alabanzas del doctor.

Mariano vuelve a maravillarse con la precisión del dibujo, las escamas van del verde oscuro en el contorno a un amarillo pálido en el vientre de la víbora, los dedos terminan en lenguas viperinas, ocre para las venenosas y esmeralda para las curativas.

—Mi mamá puede coser los trajes —dice el niño sentado en el suelo.

—¿Tú crees? —responde Mariano para seguir la conversación y se acomoda al lado de Sebastián.

—Sí, una vez me hizo uno de ángel para la pastorela de la escuela. O se los puede encargar a mi abuelita que tiene una máquina nueva. Se la regaló mi papá.

—¿Dónde vive tu abuela? —quiere saber Mariano, desea comprender la personalidad del Chavetas, cómo compagina el rol de papá con el de matón.

—Aquí, nomás que casi no vamos. Mi papá dice que se cansa. Está viejita.

"No la quiere exponer", piensa Mariano.

—Voy por agua, me duele la cabeza.

—¿Regresas? —pregunta Sebastián con un gesto de clara decepción.

—No me tardo.

Mariano baja deprisa, corre hasta el cuarto del garaje sin siquiera detenerse un minuto en la cocina. No se sienta. Va de una pared a otra.

—Ya párale. No vas a llegar a ningún lado —dice el Tanque, divertido de verlo moverse como animal enjaulado.

—No me van a dejar ir.

—¡Bájale! Mira, el Chavetas me dio todo esto porque dijo que parecía pordiosero —dice, señalando la ropa nueva que lleva puesta.

—¿Y eso qué?

—Mi ajuar nuevo es señal de que ya nos vamos a mover y tú también.

Mariano teme que la ayuda prestada haya sido equivalente a pararse en la vía del tren a diez metros de un vagón de narcotraficantes llamados Guerreros Unidos.

—A mí no me dieron ninguna muda. ¿Eso es buena o mala señal?

—Buena, creo.

XIX

Nadie vigila a Mariano. Se mueve de su cuarto al de Sebastián o a la cocina según se le antoja. Está convencido de que resguardan la puerta, más que por él para impedir ingresos indeseables. No sabe si ya es parte del mobiliario o de la banda de secuestradores. Decide dejarse de cuestionamientos y regresa a jugar con el niño. El pequeño lo intranquiliza aún más al contarle que su madre le prometió comprar las telas para los disfraces. Se imagina reptando y se siente ridículo.

Un olor a fiestas patrias llega hasta la habitación. Mariano viaja al evento anual del club que en su infancia le gustaba por la cantidad de buñuelos que podía comer. Se escapa siguiendo el aroma y Alma le ofrece pozole. Él disfruta la piel canela que le extiende el cucharón y los ojos negros que lo invitan a quedarse cerca. Ni la cebolla, el orégano o los chiles encubren el aroma limpio de la muchacha. Huele a limón, a flor de limonero, a una brisa acidulada. Ambos se miran sobre el vapor del guiso. En un impulso, él besa por primera vez los labios carnosos de la joven.

Por el sonido de unos pasos termina demasiado pronto el beso. Mariano, para disimular, elogia el pozole sin apartar los ojos de los labios mojados. Con señas expresa que volverá después de la cena.

Ella comprende de inmediato. Uno de los hombres del Chavetas pregunta cómo va la preparación de los alimentos y se roba una tostada.

—*Pa'* engañar al hambre en lo que hago el mandado del jefe.

—¡Déjalas! Son para el pozole —dice la muchacha.

—Así me gustan, mandonas —contesta el sicario.

—¡Quisieras! Mejor no estorbes —responde Alma con un guiño cómplice dedicado al doctor.

En el cuarto del garaje la cabeza de Mariano compara el secuestro con un tablero de serpientes y escaleras. La meta es salir de ahí pero el avance es accidentado. Si cada liberación fue una escalinata grande y lo animó, no irse con Roberto lo hizo caer hasta lo más bajo. Sebastián solía ser escalones, pero desde el día anterior le señala un peligro. Lo del cura abusador fue… ¿escalera o serpiente? Las dos. ¿Y Alma? Es una rampa ascendente. Recuerda sus hoyuelos, verlos lo impulsa a ofrecerse para guardar las cazuelas en la alacena; su canto lo llama desde lejos. No entona los narcocorridos que ya lo tienen saturado, sino baladas. Para él, José José es anticuado y sensiblero, pero en voz de la muchacha: *Quiero perderme contigo como se pierde el horizonte*, suena bien. *A todo el pasado, ya le dije adiós* promete un futuro, tal como hizo el beso con olor a fresco, tan distinto a las bocas que antes besó con gusto a ginebra o tequila, a fiesta y olvido. Eran bocas que lo amenazaban con engullir su aparente seguridad.

El Tanque mira de soslayo a Mariano. Disfruta su distracción mientras le revisa las costras todavía aferradas a la piel del brazo.

—No hace falta el vendaje —comenta Mariano enrollando la venda.

—¿Neta? ¿Qué tanto piensas?

—Nada —miente. Se acuesta en su catre, a la espera de que llegue la hora de la cena. No aguarda el pozole sino a Alma tras el pan de arroz, cuando los demás duerman. Con ella se siente como en el hospital donde el instinto guía sus reacciones. Pudo besarla, abrazar su lengua a la de ella y experimentar una erección sin sentirse torpe. Lástima que los interrumpieron. Al menos fueron capaces de concertar una cita sin palabras.

—¿No me vas a contar? —pregunta el Tanque.

—¿Qué? Mejor voy a la cocina, hasta acá huele rico.

—Te acompaño. Oye, Alma anda canta y canta.

—Sí —Mariano sigue la letra en su mente: *Llena un poco de mi vida, llena un poco de mi ser.*

—Es retecursi —dice el Tanque.

—*Amor, que te pintas de cualquier color.* ¡Horrible! —contesta Mariano con una sonrisa en los labios, sabiendo que más tarde va a ayudar a lavar las ollas para tener a Alma para él solo. Podría compartirla con José José si ella se lo canta al oído. *There I go, yeah, yeah. There I go, yeah, yeah,* canturrea él en su mente.

En el comedor, dos cazuelas de barro están sobre la mesa al lado de los platos hondos y las cucharas. El mezcal circula más rápido que el pozole. Los vasos chocan continuamente por la honra del Chavetas, por la venganza, por el futuro de su hijo, por el futuro de todos ellos ahora que el Soldado desapareció. Brindan por la salud del Tanque, por la de Sebastián, por la de la madre del patrón. Brindan por la relación del Chavetas con el jefazo, por los nuevos negocios.

El Chavetas se pone de pie, se acerca a Mariano, le revuelve el pelo. Se sirve otro trago, y al brindar le dice que va a quedarse unos días más al lado de Sebastián. Solo unos cuantos mientras el niño acaba de ponerse bien. Después el hijo se irá con su madre. Es un hecho que van a mudarse de Teloloapan.

—Cuando eso pase, a lo mejor hasta te animas a alcanzarnos en la sierra. Te mando al Tanque para que te recoja —añade entre risas—. Tú nomás dices.

El nerviosismo de Mariano aflora en silencio. Sus miedos se materializan.

—Estoy hablando pura neta. Ya pagaron tu rescate. Nomás que te necesito otra semana junto a mi chamaco. Después tú decides adónde te lleva el Tanque.

—Ey —dice el subordinado—. Dentro de ocho días.

Mariano no puede asentir. Mira al Tanque, busca que sus ojos le confirmen la veracidad de las palabras del Chavetas. Ya una vez se hizo ilusiones y le estallaron en segundos. Cómo creer ahora y seguir creyendo mañana. No se atreve a esperanzarse pese a que una súbita alegría lo recorre.

El Tanque afirma.

—¿Mi familia ya pagó y sabe que voy a estar aquí una semana más? —dice para asegurarse—. Gracias —añade ante el "sí" seco del superior. Reza por que se concrete.

Por lo pronto tiene ocho días más en esa casa. La orden del Chavetas le regala horas con Alma. De solo imaginarlas siente una erección. Se permite disfrutar el ensueño de unos pezones erguidos, de una cintura estrecha, de canciones dedicadas a él.

—Te quedaste retepensativo —lo codea el Tanque.

—Muchas novedades —contesta Mariano.

Recuerda a Sebastián. No tiene ganas de una despedida. Le produce satisfacción haberle ayudado pero no cree, como los demás, que esté totalmente restablecido. El traje de superhéroe es en realidad una especie de blindaje para no exponer todas las dudas que lleva dentro.

Pronto se olvida del niño, la propuesta de regresar al monte lo angustia. ¿Cómo puede pensar el Chavetas que le interesa quedarse? Por ningún motivo desearía vivir a salto de mata, ganándose la vida con el sufrimiento ajeno. Por lo pronto levanta su vaso y lo choca con el del Chavetas. Las palmadas paternales del hombre le producen un escalofrío. Si él es otra persona, el nuevo jefe de la banda también se transformó. Ya no es nada más la amenaza que bajó del Jetta blanco para encañonarlo. Ahora es alguien a quien se le corta la voz cuando nota la tristeza de su hijo, es un hombre que se ocupa del bienestar de su madre. Es traidor y asesino, violento e intransigente aunque cuida de su familia. Desconoce su actuación como esposo. Supone que la mujer padece la vida delictiva, las ausencias, de seguro infidelidades, pero es claro que no sufre penurias ni agresiones. Al menos no que él haya visto. Esta última idea lo irrita. Nadie notó lo que le ocurría a los nueve años. El chofer no aparentaba ser una amenaza, ofrecía protección tal como hace el Chavetas en ese momento. Quiere vaciar la cabeza, mimetizarse con Alma, con su propio coraje. Ya lo utilizó para construirse una infancia sin eventos traumáticos por mera supervivencia.

Alma asoma la cabeza por la puerta y le dedica una de sus sonrisas. El gesto lo tranquiliza. "¡Un día a la vez!". Por lo pronto ella está aquí. No habrá demasiados ojos indiscretos. Será una semana de despedida. Debe regresar adonde pueda hacer algo para que menos chiquillos vean sus vidas atadas a un pasado que no buscaron ni merecían.

XX

Sobre la mesa larga, color leño seco, quedan los residuos de la cena: una olla con sobras, vasos de plástico desperdigados, botellas de mezcal vacías, cuencos de barro sucios; las sillas están desacomodadas y moronas de tostada salpican incluso el piso. La esposa del Chavetas ayuda a llevar los platos a la cocina, los deja al lado de las cazuelas. Alma se ocupará de lavarlos. También de barrer. Mariano quisiera ayudarla; sin embargo, por no levantar sospechas, imita la despedida embriagada de la mayor parte de los hombres y baja a su cuarto, se recuesta sin cerrar los ojos. Espera el silencio.

Aunque nadie lo vigila, olvidó que esa casa no duerme. Siempre hay miradas puestas en cada puerta y ventana. Los encargados de la guardia, advertidos por el Chavetas, bebieron poco mezcal. A Mariano le queda salir del dormitorio y anunciar al velador del portón que va a la cocina.

—El pozole me dio sed. Voy por agua.

—¿Agua o mezcal?

—No quedó ni gota. Si hay, te traigo —ofrece con las manos metidas en los bolsillos.

—Mejor un café —responde el hombre.

129

Alma, sentada en un banco, tararea una melodía. La estufa se ve impecable, los platos ya están apilados, la loseta de barro, tanto del piso como de las paredes, reluce. La joven finalizó el día trapeando y se ve agotada. Mariano se aproxima y ella eleva la mirada. Hace un recuento de la cantidad de cebolla que debió picar, la carne que deshebró, los chiles que molió. Dice que la patrona la ayuda poco.

—Me dan ganas de irme aunque me pagan mejor que en otras partes.

—A lo mejor pronto se muda la familia y descansas —contesta, pensando que no desea que ella se vaya antes que él.

Alma se incorpora y apoya la cabeza en el pecho masculino. Se deja apretar como si la estrechez acomodara el cansancio, después levanta el rostro. Mariano se detiene en los ojos oscuros que hacen de espejo: sigue siendo él. La besa. Busca el fin de la camiseta floreada, descubre un brasier lila. Sus dedos se deslizan sobre los pezones, dibujan líneas hasta el ombligo. Desabotonan el pantalón, bajan ávidos para adentrarse en el encaje violáceo de la pantaleta y hallar una humedad contagiosa. Alma le detiene la mano. Lo conduce a la alacena. Ahí, entre repisas con alimentos, detergentes, tambos vacíos o llenos y escobas, Mariano se arrodilla para besarle el vientre y sumergir la lengua en la cavidad del ombligo. Más abajo aspira un olor-aliento que anhela beber. Hace descender el pantalón ceñido de Alma. Se levanta. Deja caer su ropa de la cintura para abajo. Sujeta por las nalgas el cuerpo liviano de guitarra y lo eleva; ella aferra sus brazos al cuello y las piernas a la cadera que arremete para penetrarla. Gime. Muerde. Él, con dulzura, le tapa la boca hasta que una embestida los paraliza y segundos después vuelven a besarse con calma, sin desprenderse uno del otro en tanto sus respiraciones se serenan en el pequeño espacio de la despensa.

Se reacomodan la ropa solo porque la casa no les pertenece. En la cocina ponen dos bancos juntos. Alma recuesta la cabeza sobre su mano entrelazada con la de Mariano. Bajo, muy bajo canta: *Un amor como el que hoy se dio no podrá separarse jamás, nunca más. Jamás.*

Él juega con la trenza despeinada. Escucha: *Al fin tú y yo desde hoy hasta la eternidad*. Guarda silencio y de pronto dice:

—¿Sabes por qué Sebastián no va a la escuela?

—Oí que cacharon al maestro de religión queriendo pasarse de la raya.

—Me pasó a mí.

La joven levanta la cabeza y oprime con fuerza la mano que ya tenía sujeta.

—Un chofer en lugar de un cura. Nadie sabe. Fue… —se le ahoga la voz— fue… sexo oral. No sé cuántas veces. No puedo acordarme.

—Viejos marranos. Yo tengo un tío que manoseó a sus tres hijas.

Mariano traga saliva. Por un mes se sintió espécimen único y resulta que está más acompañado de lo que desearía. Lo invade una sensación de asco. No comprende de dónde viene. Contar lo ocurrido y saber de más casos debería quitarle un peso de encima, no torturarlo.

—Se supo cuando la más grande se atrevió a contarlo para salvar a la chiquita.

—Ha de haber estado muerta de miedo y culpa.

—No sé

—Yo sí. Sigue pasando sin que digas no.

—Pero cuál culpa.

—Es tonto pero cierto. Si eres el culpable puedes controlar que no vuelva a pasar, una especie de fantasía.

—No pienses en eso, *ya lo pasado, pasado* —entona Alma en voz baja.

—El otro día la estabas cantando y lo pensé.

—¡Ya ves! —lo anima ella.

—Con razón no llegas con el café, pinche doc —interrumpe el responsable de la puerta.

Mariano se había olvidado de él. ¡Menos mal que no apareció antes!

—La ayudé con los últimos platos —miente.

—*Pos* tú sí que eres acomedido. Pero ya, jálele cada uno a su lugar —ordena el vigilante. Toma una taza y se sirve agua caliente de la llave para hacer un café soluble.

—Gracias —dice Alma.

—A ti —responde Mariano solo con el movimiento de los labios, sin emitir sonido.

El guardia agrega una cucharada de azúcar a su taza y se recarga en el fregadero. Ve cómo la muchacha sale a un diminuto patio de tendido mientras el doctor abandona la cocina rumbo a la escalera.

Falta poco para el amanecer. Desde su catre, acompañado por el ronquido alcoholizado del Tanque, Mariano recuerda el cuerpo de Alma en la despensa, sus pupilas espejo que brillan y reflejan cual basalto pulido. De ellas tomó prestada la confianza para confesar su secreto.

XXI

Esa noche Mariano duerme inquieto. Su historia había sido enteramente suya y de pronto alguien más puede relatarla. Imagina las palabras con los talones alados de Hermes, yendo de boca en boca. Se consuela reiterando que Alma no pertenece al mundo del que él viene. Para ella, las atrocidades son más comunes. Quizá por eso se atrevió a exponerse, a dejar de ser un personaje monolítico para mostrar su multiplicidad.

La casa amanece en silencio, sin el ir y venir de botas pesadas. El Tanque, el Chavetas y los otros hombres partieron en una de las Canyon negras. En la puerta del garaje vacío quedó un vigilante nuevo que se toma muy a pecho su encargo, en todo momento se mantiene en su puesto con el arma preparada y el semblante impasible, como si fuera de cera.

Al salir de su habitación, Mariano nota que el cuidador lo sigue con la mirada. Le extraña no oír el canto de Alma. Pasa el comedor, entra a la cocina y ve a la joven de espaldas, frente a la estufa. Ella voltea un *hot cake* para el desayuno del niño. Él la besa en el cuello y aspira el aroma cítrico que se pierde en el dulzor del maple.

—Yo le llevo el desayuno a Sebastián si me preparas unos con mucha miel —propone Mariano sin soltarla.

133

—O yo subo y tú haces los *hot cakes* —responde ella, liberándose.

—Eso va a estar muy sospechoso.

—Bueno —concede Alma con un guiño.

Sebastián está casi encima de su madre, en el suelo, mirándola cortar las telas. El niño repite que la capa del Doctor Strange tiene el cuello levantado como si la mamá estuviera sorda, y le muestra su dibujo con insistencia

—Como de vampiro —dice con su dedo en el detalle de la capa.

Corre hacia Mariano cuando lo ve entrar con el desayuno en las manos.

—Mamá, que coma aquí conmigo —pide.

—No hay que dar lata, mejor bajo para que puedan trabajar. ¿Usted quiere algo, señora? —pregunta Mariano en un intento por no perderse la compañía de Alma.

—No, voy a acabar esto. ¡Lo que hace uno por los hijos! —dice la madre desde el piso, con las tijeras suspendidas sobre la tela roja.

En la cocina almuerzan juntos Mariano y Alma. Toman café con leche a sorbos entre charlas y caricias disimuladas. Ella quiere saber cómo pudo callar tantos años, cómo fue que olvidó y cómo de repente apareció un recuerdo tan duro. Él agradece el valor de la muchacha para acercarse al tema, para oírlo sin decir, "Ya pasó hace mucho tiempo, olvídalo". Ya que habló, le hace bien sentir que no expresó el peor pecado del universo. Alma se remueve en la silla cuando la voz de Mariano se quiebra al volver al asiento de terciopelo. Es evidente que revive lo sucedido como si su cuerpo no fuera de adulto. Alma puede imaginarlo del tamaño de Sebastián, aterrado, sin saber qué hacer.

—Hijo de la chingada —dice enojada—. No podías hacer nada.

—Creía que sí. Y no me di cuenta de que no podía hasta el secuestro, cuando me cayó encima un balde de "No puedes".

—¿Qué? —pregunta ella con un gesto de incomprensión.

—Volví a sentirme vulnerable, expuesto y hasta culpable, lo mismo que de chico.

—¿A ti te secuestraron?

—¿No sabías?

—Creí que eras un doctor, ¿no te trajeron para curar al niño?

—Estudio medicina pero me agarraron por pura mala suerte.

—¡Ah qué cabrones! Nadie me dijo que alimento secuestrados.

—¿En serio no sabías?

—Con razón andaba atrás de ti uno de esos con su pistolota. Ya sé que aquí hacen puras trácalas, pero robar gente está bien jodido. ¿Y cómo es que ahora hasta sales con ellos y ni te cuidan?

—Por lo de Sebastián.

—Te vas —afirma ella.

Alma desvía la mirada, libera su mano para esconderla con la otra. Sus ilusiones se rompen como hielo triturado. El doctor es una víctima y ella, en lugar de ser elegida es un premio de consolación. Mariano le busca la mano.

—Podemos hacer algo —responde él casi en una súplica.

—¿De dónde eres? —inquiere ella con los ojos fijos en la ventana.

—De la Ciudad de México.

—Creí que nomás eras muy estudiado, pero tampoco eres de acá.

Él no sabe qué decir. En esa casa repleta de armas no pensó en más diferencias que en la vida y la muerte. En lo bueno o lo malo.

—Podemos quedar en alguna parte —responde sin saber qué más decir.

Para mediados de la semana el traje del Doctor Strange está listo. Sebastián desayuna, come y cena en su carácter de superhéroe. Nadie lo contradice. La madre lo mira jugar con satisfacción, considera que en poco tiempo aceptará ir a la nueva escuela. Mariano disfruta la imaginación del niño, a ratos la fomenta y después se escapa a buscar a Alma. Ella ya le contó lo más relevante de su vida. Es de Teloloapan, su familia vive al otro lado de la ciudad y prefieren que duerma en el trabajo, andar sola de noche es muy peligroso. Estudió la preparatoria y es la más lista de sus hermanos. En su casa están felices con el dinero que gana. Nada más su mamá no quiere que trabaje ahí. Saben que el Chavetas anda con el narco, pero quién no. Además, le gusta cocinar desde chica, su abuela le enseñó a echar las tortillas, a usar el molcajete, a ponerle unas monedas de cobre a los nopales para desbabarlos y pan a la coliflor para que no huela a coladera.

—Guisar es hacer magia para convertir plantas y animalitos en comida. Y mi abuela decía que sirve para conquistar tripas y corazones —añade con un guiño.

—Cocinas rico y oyes mejor —responde Mariano, viéndole aptitudes de psicóloga. Podría seguir sus estudios. O poner un restaurante. No dice nada para no ilusionarla.

Los días transcurren demasiado aprisa sin la presencia oprimente del Chavetas; todos pueden moverse por la casa a sus anchas. La madre ve las telenovelas por la tarde, y como ya acabó el trabajo de costura los dos últimos días decide salir de la casa con una amiga. A un café el jueves y a un convivio el viernes. Ordena, después de confesar que necesita descansar y distraerse, que nadie debe mencionar sus fugas al Chavetas. El vigilante en principio se niega a abrir la puerta, después cede ante las amenazas de la mujer. La cree capaz de cumplirlas, de acusarlo de huevón y hasta de haberse propasado con ella. No tiene más remedio que rogar para que la mujer regrese sana y salva antes de que aparezca su patrón.

—No sé por qué me dejaron solo —se queja en voz baja.

—Ni tan solo —aclara Alma—. No se haga que allá afuera hay halcones y una camioneta con varios tipos. Bien clarito se ven desde la azotea.

—No se apure. Me llevo al muchacho de la esquina, al pecoso, es muy servicial —dice la madre—. Le encargo a mi hijo —pide a Mariano.

—Claro —responde él, concentrado en lo dicho por Alma. Alguna vez pensó en sedar al vigilante con los narcóticos que pidió para el Tanque y escapar. Volvió la idea cuando Alma mencionó que quería irse. Menos mal que no se atrevió a considerarlo en serio. Era imposible que el Chavetas fuera tan confiado. Sube al cuarto del pequeño acompañado por Alma, los tres juegan un rato videojuegos hasta que Sebastián cae rendido. Lo arropan y sin hacer ruido salen en busca de una recámara en ese mismo piso. Esa noche pueden olvidarse de la despensa.

Por primera vez se acuestan juntos en una cama. En una especie de ceremonia, él la admira desnuda: las clavículas salientes atraen dos besos; los pechos, con sus pezones erectos, se ofrecen. Mariano los succiona, se aferra a la cintura, baja al ombligo y hunde la nariz en busca del olor a limonero. Lo rastrea hasta el pubis, a través del vello ensortijado abre los labios vaginales y sume todos sus sentidos en el gozo de Alma. Ella dobla las rodillas, le da espacio, lo llama sin palabras.

Acostados uno al lado del otro, comparten la agitación hasta adormecerse por un tiempo. Solo por unos minutos. No pueden amanecer juntos. Después de vestirse y ordenar la cama entre los dos, salen del cuarto, bajan y se dicen hasta mañana en la puerta de la cocina con un beso largo que a punto está de impedir la despedida.

Mariano pasa frente al vigilante sin decir nada. Sobre su catre, porque decidió no usar la cama del Tanque, acaricia la sábana con el deseo de tener en ella a Alma. "¿Y si la llevo conmigo?". Jamás se había sentido tan cómodo con una mujer. Por más que intentaba parecer confiado y desenvuelto, lo aquejaba el miedo de no ser adecuado, sentía que estaba recibiendo un favor. Optaba por los encuentros fortuitos, sin compromiso, libres de expectativas o esperanzas. Nunca le gustó exponerse a una negativa y menos todavía pensar que lo abandonarían en cuanto se cansaran de él. En segundo semestre una compañera lo esperaba al final de la jornada y platicaban hasta llegar a sus autos. Estudiaron juntos varias veces e hicieron el amor en el cuarto que ella rentaba cerca de la universidad, y sintió que pertenecía a ese espacio, a esa joven de pelo rizado y cobrizo que le daba su cuerpo, su tiempo, su pasión. Fue él quien acabó huyendo de la relación antes de que se hicieran evidentes sus miedos. Por alguna razón incomprensible ahora no teme que Alma lo desprecie. Él cree conocer el origen de sus inseguridades y ya lo compartió con ella.

XXII

En cualquier momento regresará el Tanque, o el comando completo, y acabará con la serenidad de la semana. Mariano se prepara. Casi considera un hecho su liberación pero procura no pensarla demasiado, prefiere evitar esperanzas que pueden destruirse en un segundo. Diría que nunca le han gustado los sobresaltos ni hacerse demasiadas ilusiones.

Es cierto que en el hospital no todo son cirugías programadas y el descontrol de las emergencias es cotidiano, pero ninguna lo pone en peligro y siempre hay protocolos que seguir. Durante el almuerzo, los residentes uniformados no despiertan su alerta ni cambian constantemente, como ocurre en el entorno del Chavetas. Quizá por eso no tiene nada que empacar. Se va a ir con lo puesto, tal cual llegó, se alegrará de no volver a ver hombres armados. Piensa en el Tanque. ¿Lo va a echar de menos? Se convirtió en lo más cercano a un amigo. ¿Qué es si no una persona que protege, da consejos y ayuda? Podría ser un padre pero en el tiempo que lleva retenido no ha visto a nadie con la edad suficiente para ser su papá. Ni siquiera Bernabé, que según su fe en la intervención divina parecía haber oído a Dios encargar el arca a Noé. ¿Y Alma? Ella es todavía más próxima y confiable que el Tanque. A su lado jamás ha sentido miedo. Le parece incluso más auténtica que el propio Sebastián; con el niño en ocasiones percibe cierta ambivalencia, lo sabe vulnerable pero también hijo del Chavetas.

Del pequeño desea despedirse dejándole algo semejante a los antídotos del disfraz. Después de anunciarle que pronto ambos deberán regresar a estudiar, le repite que algunas personas nunca aprendieron a no dañar, pero que él tuvo una probadita y puede escoger ser bueno. Le asegura que en adelante va a distinguir a los malos, va a saber alejarse de ellos. Lo dice desde el fondo de sí mismo; ni las armas apuntando a su cabeza durante la captura ni los disparos cruzados cuando se toparon con Los Ardillos lo sacaron de su cuerpo como hizo el abuso. En ninguna de esas ocasiones necesitó verse desde fuera para conservar la cordura.

Dedica varias horas a adelantar las edificaciones de Sebastián en *Minecraft*, le asombra la complejidad del juego en línea. Aprovecha también para usar la tableta de Sebastián cuando la madre no se encuentra en el cuarto. Mira de reojo al pequeño, teme algún reclamo por haberla tomado. Intercala la visión entre la pantalla, el niño y la puerta; teclea deprisa, sin detenerse a corregir las palabras con las que asegura a su padre que está bien y que pronto volverá a casa. Titubea sobre si debe mencionar su ubicación. Tan solo escribe que se encuentra en Teloloapan y ruega que no lo busquen al menos en una semana. "Ni se les ocurra contestar", añade antes de mandar el mensaje. Enseguida lo borra de la bandeja de salida, se precipita a salir de internet, apagar la tableta y dejarla a los pies de la cama, donde la tomó. Respira aliviado. Sebastián sigue absorto en el videojuego.

Como el niño ni siquiera levanta los ojos, Mariano se atreve a tomar de nuevo el aparato electrónico. Se le ocurre investigar qué dijeron los periódicos sobre el secuestro. Vuelve la vista a la puerta. Nadie. Averigua que el origen del escándalo fueron las redes sociales y que, como el padre de apellido francés es un hombre muy conocido en el medio del automovilismo, los periódicos hablaron de su desaparición e incluso entrevistaron a la esposa. Ella exigió a las autoridades que le devolvieran a su marido, y sobre todo, a su hijo. Borra el registro de la búsqueda e inicia un recorrido por Teloloapan en los mapas de Google. En todo momento mantiene el dedo en el botón de encendido por si entra alguien. Las calles de la ciudad son tan grises como las vio desde la camioneta; están salpicadas de tiendas de abarrotes y de construcciones con las varillas expuestas. No descubre ni rastro del taller mecánico al que llegaron o de la colonia en la que se encuentra. ¡Si supiera el nombre! Examina las salidas de la localidad y se topa con un letrero: Teloloapan, tierra de leyendas y tradiciones. "¡Han de ser de emigrantes y desaparecidos!". La primera entrada al escribir el nombre de la ciudad es Wikipedia, la siguiente afirma: "Los desterrados de Teloloapan", la tercera: "La policía comunitaria enfrenta a sicarios en Teloloapan". Él está en el centro de las atrocidades que retratan las noticias. Debe concentrarse en salir de ahí y sacar a Alma. ¿Cómo va a dejarla en medio de tanto peligro?

Cuando ella lo llama Mariano él no oye tristeza-enojo-miedo-culpa-inutilidad, un nombre absurdo para otros pero que él carga.

Con Alma el tiempo no se detiene ni se apresura.

Le regala su piel de capuchino

Canta *Nunca te engañé*.

Lo escucha.

Ajena a sus dones, Alma prepara una sopa de fideo para la comida, y al mismo tiempo relata una función de circo que vio hace pocas semanas. Se rio mucho de un enano irreverente que se burlaba del poder del narcotráfico, y la impresionaron los trapecistas que volaban sin alas ni redes protectoras. A Mariano no le encantan los cirqueros, son una muestra de lo grotesco del ser humano, y cree que la risa es un escape que no acaba con la perturbación. Le gustan los conciertos, la música o el cine. Las historias son su pasión, en ellas se va digiriendo el drama de la vida poco a poco. Alma encoge los hombros.

—Uno puede reírse sin pensar tanto.

—Sí —concede él tomándola entre sus brazos para bailar en la cocina. *Quiero perderme contigo, como se pierde el horizonte, como las aves en la noche, como la estrella en los sonidos y jamás separarnos jamás.*

—Ya te la sabes —dice Alma con una sonrisa provocadora.

—Claro —responde él. Ya prefiero a José José que a Metallica.

—Mentiroso.

Creen que no les quedan más que esa tarde y esa noche de incertidumbre. Por lo pronto establecen que en cuanto lo dejen ir ella dirá que su mamá enfermó. El problema radica en dónde liberarán a Mariano. Por ningún motivo le van a abrir la puerta en una ciudad con vecinos y policía en las calles.

—Seguro me sacan de Teloloapan y me llevan al monte para dejarme en algún punto. Así dan tiempo para que Sebastián y su mamá se muden —afirma Mariano en tanto ayuda con el secado de una cazuela.

—Si el mismo día se cambian, a lo mejor no quieren que salga —contesta Alma mientras seca el cucharón.

—Van a pedirte que te quedes a ayudar.

—Yo creo.

Alma inicia una narración en voz alta. "Hago una sopa de fideo igual de rica que la de hoy en una casita en la ciudad adonde tú vives. Tengo unos pantalones blancos, nuevos, y mi camisa de flores con unos zapatos de tacón. Tú llegas con tu traje verde de médico, como los de la clínica a la que va mi mamá, y me abrazas. Nos besamos como ahorita. Cenamos y hablamos, y después nos acostamos en una cama nuestra y hacemos el amor sin miedo a que nos cachen, con toda la casa para nosotros, y dormimos pegados y amanecemos juntitos al día siguiente y al día siguiente y al otro, y así para siempre. Solo eso hay que pensar para que se cumpla".

Él la mira. En ella simpleza no implica sosería o estupidez; por el contrario, supone una comprensión más amplia del mundo, quizá tolerancia en lugar de rebeldía y paciencia en vez de arrebato. Ella acepta sin sentir que cede parte de sí misma. No requiere pelear cada batalla, es más, no hace de cada enfrentamiento una batalla, deja pasar y sigue. La considera sabia como la naturaleza, que sin atormentarse se sacude estorbos.

—Tú tienes la camisa del hombre feliz, el cuento que leía de niño. No necesitas ropa de seda, puedes plantarle cara a la vida —dice Mariano.

—Cuéntamelo —pide Alma.

—En un reino muy lejano había un rey enfermo. Uno de sus consejeros le dijo que se curaría con la camisa del hombre feliz, y mandó a su ejército a buscarla. Resultó que todos los hombres con riquezas tenían demasiadas necesidades y no eran felices, los que tenían algunas posesiones tampoco disfrutaban la vida del todo, ambicionaban algo. Solamente un pastor descamisado reconoció que siempre estaba contento con sus ovejas y la naturaleza, y entonces…

—No existe la dichosa camisa.

—No. La felicidad es a ratitos y está aquí —responde Mariano con la mano en el pecho de Alma.

—Sí hay algo que podemos hacer —dice ella de pronto, separándose y saliendo por la puerta.

—¿Qué? —Él la sigue.

—Saber nuestras direcciones y nuestros teléfonos. Voy a apuntarlos.

XXIII

Cuando todavía faltan más de tres horas para el amanecer, llega el Tanque a despertar a Mariano.

—Jálale, ya nos vamos —dice zarandeándolo.

Aunque no lo oyó entrar y apenas lo distingue, se incorpora de inmediato: la espera de ese momento lleva días y noches asediando sus pensamientos.

—¿Ahorita? —pregunta con los ojos entrecerrados para huir de la luz que enciende el Tanque.

—Ahoritita.

—¿Sin despedirme de Sebastián?

—Ándale.

La cabeza de Mariano intenta conseguir tiempo, necesita hablar con Alma. Ya lleva bien guardado en los calcetines el papel con el teléfono de su casa y el de un celular que no usa en el trabajo por órdenes del Chavetas. El trozo de hoja está dentro de una bolsa de plástico, así se lo entregó ella, como recordatorio de que debía buscarla.

—¿Hoy me van a soltar?

—Ponte los zapatos mientras echo una meadita y me doy una enjuagada —contesta el Tanque sin responder.

—Ok —responde Mariano. Se amarra las agujetas con fingida calma.

En cuanto el Tanque entra al baño, corre al cuarto de la azotea. Apenas detiene el paso unos segundos para dirigirse al guardia:

—Nada más voy por un pan para el camino.

Pese a la premura, entra con sigilo, quiere despertar a Alma con un beso. Ella se le abraza al cuello. Cree que es hora de levantarse hasta que la oscuridad impenetrable la pone sobre aviso.

—¿Qué pasa? —pregunta al sentarse.

—Ya me voy, abajo está el Tanque.

—¿Adónde?

—Ni idea. No me dice nada.

—555-404-26-06 —dice Alma. Es el número celular que Mariano recuperará en cuanto llegue a la Ciudad de México. 58-90-21-22 es el de su casa.

—736-366-2810 —contesta Mariano, señalando el papel que tiene en el calcetín. Aunque sabe el teléfono de memoria, lo lleva también escrito por ella a modo de talismán.

—Cuídate y no te olvides de mí.

—Nunca.

Se abrazan una última vez en la puerta del cuarto, sus bocas se dicen adiós con un beso que clama cercanía. Mariano se apresura escaleras abajo.

—Acá traigo dos rebanadas —vuelve a mentir al guardia con la mano ahuecada dentro de la bolsa del pantalón.

Se sienta en el catre casi al mismo tiempo que el Tanque aparece con el pelo húmedo y olor a jabón.

—Dame *chance* a mí —pide y apunta al baño con el índice.

—Órale. Pero no te dilates.

Se sienta en el excusado sabiendo que debe apresurarse. Para su alivio los intestinos obedecen y él, recordándose en el cerro, acuclillado al lado de un árbol, lo agradece. "¡Carajo!, no quiero pasar ni un día más en el monte, extrañando esta taza o el papel del baño, la regadera, el jabón, y la comida, y más que nada a Alma". Se desviste, se asea deprisa bajo un chorro de agua tibia; se lava los dientes, hace varios buches, se suena la nariz con toda la fuerza de los pulmones. Sale del baño limpio, con el rollo de papel higiénico y un cepillo de dientes en las manos, los mete en una bolsa junto a una linterna que descubrió en la despensa. El Tanque se ríe de sus previsiones sin negarse a que las cargue. También porta el talismán de Alma bien guardado en el calcetín izquierdo. Sobre ese no dice nada.

El guardia entreabre la puerta del garaje, se asoma y les indica que pueden partir. Caminan dos cuadras hasta una de las Canyon negras que los conducirá a los límites de Teloloapan. Cinco minutos después bajan de la camioneta e inician el ascenso del cerro todavía de noche. Mariano, tras el Tanque, lamenta no haberse despedido de Sebastián. Podría sentirse traicionado. ¡Fue más fácil así! "146-590-2122", repite el teléfono de Alma. No se acordaba de las laderas que le destrozaron los dedos y los empeines. Jadea. Por lo menos ya le cicatrizaron las heridas. El Tanque se detiene a esperarlo, lo apresura. La maleza le roza los brazos y él se estremece anticipando insectos. "146-590-2122". Trastabilla con una raíz. Recupera el paso. ¿Por qué se tropieza tanto? ¡Y no solo con los pies! Se detiene. "146-590... ¿Cuánto falta?", inquiere al Tanque. "Tú nomás camina". Nota los muslos arder por el esfuerzo. Vuelve a tropezar. "¡Carajo! 146-590-2122". "Falta poco". "¿Vamos muy lejos?". "Ya casi". "146-590… Más vale que esta sea la buena. No voy a aguantar otro mes caminando. Quiero estar en mi casa, llamar a Alma. Mis papás van a querer saber lo que comí, cómo me trataron, se van a asustar con las costillas salidas. Hay cosas que no sé si contar, la violencia que vi. 146-590-2122. Hoy se acaba. 146...". Mira en todas direcciones. Se detiene para recuperar el aliento. "146-590...".

El Tanque le señala una arboleda donde los espera el Chavetas. En esa misma dirección el horizonte se entinta de un naranja pálido que se funde con el azul tenue del alba. Un nuevo día de sol y luz. Mariano se palpa el calcetín izquierdo. Ahí está su amuleto.

XXIV

—Qué onda, doc —saludan los secuaces del Chavetas cuando ven llegar a Mariano en compañía del Tanque.

—Quiubo —dice el líder—. Llegó la hora de las netas.

Mariano deja la bolsa con sus provisiones en el suelo. Descubre al del tatuaje de cruz, traga saliva al encontrarse con sus ojos, desvía la mirada, no sabe cómo empezar. En esos momentos de poco le sirve haber estado en casa del Chavetas, conocer a su familia o haberse disfrazado del Doctor Snake para entretener a Sebastián. Sus palabras se amedrentan con las pupilas de ese hombre, con la cercanía de las armas, con el riesgo de que su voluntad no sea tomada en cuenta, con la idea de enfurecer al jefe o de tener que quedarse de nuevo en el monte. Se lleva las manos al cuello, lo rasca como si lo atacara un hormiguero.

—Se rajó —interviene el Tanque con su AR-15 al hombro.

—¡Ah, qué culero! Nos desprecias —contesta el Chavetas.

—No soy atrevido como ustedes.

—Ni de tierra caliente, ni jodido, ¿verdad, Tanque? —dice el superior con sus lentes oscuros ya puestos.

—Ey.

—Ni hablar, lo prometido es deuda. El Tanquecito te va a encaminar. Ya sabes, nada de hacer ruido y mandarnos al Ejército como el puto francés. Bien que tenemos ubicado a tu papá, mucho más que tú a nosotros. Aquí se acaba el compromiso. Ayudaste a mi chamaco, yo te regreso con los tuyos y estamos en paz. No te conviene que vuelva a saber de ti. ¿Estamos? —pregunta el Chavetas a Mariano.

—Sí —responde repleto de alivio.

—¿De una vez? —cuestiona el Tanque.

Mariano lo mira con terror. De una vez ¿qué? Ve la AK-47 del Chavetas, espera que él o alguno otro le apunte y dé sentido a la pregunta, que una de esas armas acabe con el secuestro, con él, con todo.

—Vas —responde el Chavetas.

"¿Cuántos segundos pasan entre un disparo y la muerte? ¿Se oye? ¿Voy a oírlo? Uno solo. Por favor uno solo. Alma. 736-366… Mamá. Papá. Van a enterrar a un desconocido. Quiero hablarles. ¿Duele? Un tiro entre los ojos. Nada más. No mañana. No Alma ni el hospital. No, por favor…".

El jefe entrega su arma al del tatuaje de cruz.

—Detenme —dice.

Mariano lo mira helado, rígido. ¿El tatuado va a ser su verdugo? Ve al jefe aproximarse. ¿Un último deseo? Lo oye decir "Adiós", lo ve tenderle la mano. Él, temblando, extiende la suya. Estrecha la del Chavetas, y después de un apretón lo observa llevársela a la frente para hacer un saludo militar.

—Ándale —lo apura el Tanque sin cambiar la posición de su AR-15.

—Ahí nos vemos —corea el resto.

Mariano recoge la bolsa con el papel higiénico y da los primeros pasos tras su guía.

—Mira que te apendejas, ¿eh? —dice el Tanque en cuanto no puede oírlo el grupo armado.

Avanzan deprisa; la pendiente cuesta abajo, los botines, no de montaña pero cuando menos flexibles, la luz del día, la urgencia por salir del cerro y llegar a su casa apuran el andar de Mariano. Ni siquiera se preocupa por atender el sarcasmo del Tanque.

—Juré que me iban a matar cuando preguntaste que si de una vez —le confiesa poco después.

—Ya te quedaste friqueado. Con razón vas casi corriendo.

—Hubieras dicho "De una vez nos vamos", "De una vez" puede ser muchas cosas.

Se detiene, mira hacia atrás y da un salto al descubrir el verdor de las ceibas sin rastro del contingente que lo despidió. Inhala, se deja acariciar por el calor, por el cielo limpio, azul cerúleo, por el aire quieto y el resbalar de unas gotas de sudor en su rostro.

—¿Tenemos agua? —inquiere.

—Tú cargas papel de baño y una linterna —se ríe el Tanque.

—Por si hace falta.

—Toma —dice el muchacho y le extiende una botella.

Ahora Mariano también siente la caricia de dos delgados chorros de agua que escurren de las comisuras de su boca, los deja correr intencionalmente, se deleita con la idea de que vuelve a los momentos anteriores a la captura. El paréntesis de casi sesenta días que terminó como empezó: en el monte, en medio de la naturaleza, con una botella en lugar de una cantimplora, a muchos kilómetros de distancia y con un calor más intenso que el de Valle de Bravo. Pero concluyó. Se encorva, toca el calcetín izquierdo en busca de su amuleto. Ahí sigue el pedazo de papel rayado con los datos de Alma. Alma Ramos Espino: 736-366-2810. Emilio Carranza 56, casa de ladrillo junto a iglesia. 22/5/96. Sin tenerlo frente a los ojos visualiza la letra pequeña y puntiaguda con la que la mujer escribió tanto sus señas como las de él. En el trozo que se quedó anotó Mariano Muñoz Zavala, sus teléfonos, dirección y fecha de cumpleaños: 15/10/92.

—¿Ya te gustó aquí para quedarte? —le dice el Tanque.

—No —responde Mariano. No le devuelve la botella, prefiere conservarla, la mete en la bolsa de alguna de las misceláneas de Teloloapan y reinicia la caminata con las provisiones en una mano.

Al caer la noche el Tanque propone un descanso. Llevan más de siete horas de camino, primero fueron en busca del Chavetas y después rumbo a la libertad. Mariano quiere detenerse pero también desea seguir. Le cuesta parar la inercia de sus piernas.

—¿Estás seguro?

—Ey.

Examina el entorno. Está entre lo que cree encinos. Ni siquiera una tanqueta podría aparecer de la nada y obligarlo a subir, apretado, entre otros secuestrados.

—¿Seguro? —repite sin expresar sus miedos, sin decir que la última vez que se detuvo a reposar y beber agua acabó dentro de un Jetta blanco.

—Que sí —responde el Tanque, ajeno el recelo en la voz de Mariano y acomodándose entre las raíces de un tronco para dormir.

—¿No aparecerán Los Ardillos ni nadie que estropee mi regreso?

—Tenemos que dormir. Yo además caminé para ir por ti. —contesta el Tanque ya acostado. Le jala la orilla de los *jeans*, lo obliga a tenderse y a dejar de atormentarlo con su pesimismo—. Disfruta de las estrellas que es tu última noche de privilegios.

—Voy a usar mi rollo de papel —dice Mariano con el tono bromista del Tanque.

Además de utilizar el papel higiénico, se cepilla los dientes y se enjuaga con poca agua. Después se tiende cerca de su compañero. Mira las estrellas. Se asombra con la cantidad de luces que ve. Se pregunta si alrededor de alguna de ellas habrá otro mundo en el que sus criaturas deban enfrentar diversas pruebas, en el que unas se aprovechen de otras. Se pregunta si en algún punto hay alguien cuestionándose lo mismo. Lo vence el sueño con las palmas bajo la cabeza y las piernas flexionadas sobre hojas y varas.

No sueña con un universo interespacial sino con uno subterráneo. Lo persigue un grupo de tatuados, tienen el cuerpo entero entintado, los dibujos son ilegibles, como mapas sobrepuestos que no conducen ni parten de ningún sitio. Van tras él. Corre. No está dispuesto a que lo atrapen una vez más. Llega a una barranca. Se esconde en lo más profundo durante un tiempo eterno. Después debe desandar el camino, subir. Se agota escalando, con las manos se aferra a raíces y troncos. Llega a una calle, sigue subiendo. A voces llama a sus padres. "Vengan por mí", ruega. Nadie le responde. El último tramo tiene unas escaleras casi verticales que conducen a una hendidura del tamaño de un registro sanitario. Sube. Abre la compuerta y ve luz.

Se despiertan antes del amanecer; durmieron más horas de las prudentes pero estaban exhaustos. Mariano repasa el sueño, de nuevo recurre a la profesora de psicología. Aún no logra recordar el nombre, a una H de lentes le agradece las aclaraciones que puede hacerse. Después de lo vivido cree en el poder del inconsciente e interpreta su sueño como si hubiera logrado evadir un último peligro, como si consiguiera salir de un hoyo oscuro. Él solo tenía que salvarse. 736-366-2810. Bueno, tuvo la ayuda de Alma.

Caminan bajo los primeros rayos de sol, con menos prisa que la tarde anterior pero con la impaciencia de saberse cerca del final. El Tanque de pronto se detiene, mira en derredor y Mariano nota que traga palabras. Siguen aproximadamente media hora más, hasta que a la distancia se distinguen construcciones.

—Aquí te dejo —dice el Tanque entre resoplidos.

—¿Y si me pierdo?

—Ni aunque te apendejes otra vez te pierdes, síguele todo derecho —contesta el Tanque, moviendo la palma de manera vertical con la intención de señalar el camino rectilíneo—. Recto nomás. No te dejé antes para acercarte bien. Mira, hasta se ve la torre de la iglesia —señala con el dedo—. Ya tengo que irme.

Estira la mano. Mariano lo abraza, desea agradecer los zapatos, la camiseta, los consejos, el acompañamiento. El secuestro no, claro que no, pero él no estuvo en la captura ni en los peores momentos. Él está liberándolo.

—Te dije que te ibas a ir —dice el Tanque—. Gracias, me salvaste la vida. Y no iba a dejar que te volvieran a salir con chingaderas.

—Gracias —responde Mariano.

Ahora sí tiene sentido la palabra, no como cuando estuvo a punto de agradecer su arbitraje a favor de uno de los secuestrados y se le atascó la lengua como si cada letra fuera un puño de polvo. Antes era difícil sentir agradecimiento hacia él por más indulgente que se mostrara; en este momento la sensación es genuina y permite un adiós solidario.

TERCERA PARTE

XXV

Después de despedirse del Tanque, Mariano miró tres veces hacia atrás; en las dos primeras sus ojos se cruzaron con los de su defensor; en la última el muchacho caminaba en sentido contrario al suyo, iba rumbo al subsuelo del país que abarca incluso las montañas.

Con pasos precipitados pero cautelosos, Mariano llegó a las inmediaciones de la localidad que le señaló el Tanque. Se detuvo un instante, no solo pretendía recobrar el aliento sino también guardar en la memoria la imagen de la población que habría de socorrerlo. Caminó hasta que las veredas se convirtieron en calles arcillosas. Se paralizó ante el primer hombre que encontró. Fingió concentrarse en el anuncio gastado de una cerrajería: deseaba ocultar la premura, no parecer desvalido ni extranjero.

Se atrevió a pedir el teléfono a una mujer que le devolvió la sonrisa. Evitó dirigirse a cualquier hombre o jovencita; en el rostro de los varones veía a los secuaces del Chavetas, y temió asustar a las muchachas con su apariencia desaseada. Para confirmarle que el mundo no es una selva, la mujer le ofreció el celular con un guiño amable. Marcó el número de su padre con tanto apremio que se equivocó. Colgó con las palpitaciones convertidas en temblor. En el segundo intento los gritos eufóricos de la mamá le mojaron los ojos. Según las indicaciones de su bienhechora, informó que estaba en Pedro Ascencio. No aceptó aguardar a que fueran por él, ya la mujer le había recomendado a un sobrino de confianza que podía llevarlo hasta la ciudad. Le era imposible sentarse a esperar. Con los dedos cruzados prometió estar en casa esa misma noche.

Durante cinco minutos larguísimos caminó al lado del andar contoneado y la voz aguda de la mujer. Su desconfianza fue mermando con la aparición de comercios, con los saludos ordinarios que recibían. Ella se detuvo en una miscelánea. Dentro, además de una multitud de productos, había dos mesas de lámina con hombres sentados alrededor, unos bebían refresco o cerveza mientras otros jugaban a ensartar aros en un palo roto de escoba que alguien había incrustado en una maceta; entre ellos estaba el sobrino propuesto como taxista.

Le costó trabajo convencerlo; el joven pretextaba la distancia, la hora, y por encima de todo los remilgos de su novia: había prometido llevarla a un cumpleaños. Al oír que Mariano no tenía ni un centavo se negó rotundamente. Sin embargo, acabó por aceptar gracias a intervención de la tía, quien lo amenazó con contarle a su madre que se daba el lujo de despreciar un trabajo honesto y bien pagado.

—Ya estará de Dios. ¡Súbete, güero! —accedió después de oír que los padres del extraño pagarían lo que pidiera.

Mariano vio a la mujer y ella, con un asentimiento, le infundió la certidumbre suficiente para meterse de nuevo en un auto ajeno. No se trataba de un Jetta pero sí era blanco. Viejo, mucho más viejo que el que lo secuestró.

En el asiento trasero del Tsuru color nata, Mariano repite el teléfono de Alma como mantra protector: 736-366-2810. Canta *Freedom of choice is made for you my friend* mientras el aire le pega en la cara y aminora la sensación de alerta. Elegir. La libertad de elegir que promueve la canción recae por completo en la posibilidad de exponer el secreto que ni siquiera sabía suyo cuando se despidió de sus padres. Con Alma aprendió que las palabras estancadas se enquistan, y que cuando por fin salen brotan incontrolables, como una bola de pelos que rasguña la garganta. A sus veintisiete años anhela el cobijo de su casa, las paredes exentas de zozobra. Necesita sacar de sí todas las cargas. Imagina un abrazo que añora y lo remite a la cama de sus padres cuando de niño se acostaba entre ellos, con la cabeza sobre el estómago de su mamá. Se pregunta si tiene derecho a usarlos de vertedero, y la única respuesta es la necesidad de expulsar los demonios de su cuerpo. Todos. Quiere que, a diferencia de lo que hizo el cura en el confesionario, sus padres inventaríen mil atenuantes capaces de exculparlo. Precisa un abrazo protector así parezca infantil.

Capta la mirada del conductor a través del espejo retrovisor. Le incomoda. La sostiene, no piensa mostrar debilidad. No es ningún niño indefenso.

—Qué te pasó, güero —quiere saber el joven.

—Me libré de una bien jodida —contesta Mariano después de sopesar en segundos si contar o no su experiencia. Opta por desahogarse y tener tema de conversación

—Está cabrón, ¿verdad? A ustedes los agarran para sacarles lana y a nosotros de peones. Por eso mi tía andaba chingue y chingue con que te trajera. Mi mamá y ella quieren que me vaya con el carro *pa'* otro lado.

—Deberías —dice Mariano, pensando en el Tanque.

—*Chance*. ¿Y tú cuánto tiempo anduviste allá?

—Casi dos meses.

—Con razón estás tan flaco.

Mariano no cuenta que pasó los últimos días en casa del Chavetas y que ahí comió cuanto Alma le guisó. Se abstiene de mencionar nombres, solo narra algunos episodios como el encuentro con Los Ardillos, le parece el colmo de la mala suerte que en medio de la nada le haya tocado un pleito entre sicarios. Tampoco dice que la rivalidad acabó con la muerte del Soldado. Habla de los narcocorridos, de sus letras brutales, de lo inverosímil que le parece la forma en que sus secuestradores recibían comida o cargaban los celulares con pilas rectangulares de seis voltios.

—Voy a poner gasolina —interrumpe el conductor.

Mariano vuelve a oír música en su mente: *Do you see what I see? Truth is an offense. Your silence for your confidence.* La duda, siempre la duda. Un vendedor de gelatinas se acerca a la ventanilla, su oferta de flan y sabores variados ocasiona que Mariano salte del susto.

—Luego se ve que lo dejaron bien espantado —se ríe el conductor con las manos sobre el volante.

XXVI

Al pasar la última caseta, Mariano mira dos veces hacía atrás. Allá, lejos, quedan los vapores amenazantes de la sierra. La ciudad lo recibe al atardecer con avenidas espaciosas e iluminadas. A pesar de que una parte de él descansa, la impaciencia ralentiza el avance del tráfico, los incontables cruceros saturados y alarga la duración de los semáforos en rojo. Reconoce la zona de hospitales, las tiendas departamentales, la iglesia de techo ondulado, los puentes, los segundos pisos del periférico que no toman. Las cosas materiales permanecen estáticas mientras las personas van y vienen… o desaparecen. O cambian. "Yo no soy el mismo que salió a pasar un fin de semana".

Anticipa el olor de su casa: café combinado con la lavanda del detergente. También imagina el agua caliente y tupida de la regadera; el conejo, la galaxia y el rostro de una novia imaginaria que lo aguardan entre la veta del mármol gris y blanco de su baño. Ya puede ponerle nombre a la cara de mujer. Alma.

Pide el teléfono al conductor. Marca tres veces, en cada una se topa con una grabación que asegura que el número se encuentra apagado o fuera del área de servicio. Llama entonces al padre. Quedan de verse a pocas cuadras de la casa, en el centro comercial.

Vuelve a oír la voz entusiasmada de su madre, ni rastro de la de su hermano. Prefiere que esa noche Alonso trabaje hasta tarde, a él no necesita contarle nada. El pequeño de la familia siempre lo ha considerado demasiado afortunado. "Eres un suertudo, tú no entiendes, a ti siempre te salen bien las cosas", le dice a menudo. "Lo que pasa es que soy resistente, como los cactus". No hay ninguno en el jardín de la casa, está lleno de rosales y viburnos podados con esmero. Qué distinta es la vegetación de los jardines a la del monte. Si los secuestradores fueran plantas, serían unas trepadoras; el Tanque, un pino torcido, y el degenerado sería un árbol embustero. Cuál. Un chechén que esconde su savia venenosa.

Pasan frente a la feria de Chapultepec. Con la montaña rusa evoca a Roberto. Quizá por las cuestas que subieron y bajaron juntos, quizá por la sensación de su estómago que le exige no verlo más, no revivir lo ocurrido. Compartieron demasiado como para pretender que nada sucedió, que lo dejó solo aunque no pudiera hacer otra cosa. Se propone buscarlo en los siguientes días y hablar, hablar hasta que no quede nada en él que lo incomode y un día reclame resarcimiento.

Reaparece la soledad, la no pertenencia. Compartió el secuestro con otros desafortunados y ahora cada uno enfrentará los recuerdos a su modo. Solo en su caso el secuestro fue un viaje al pasado. Pensó revisar estadísticas para dejar de sentirse hijo único de la mala fortuna y hallar cabida en un grupo, aunque fuera formado por números, pero si Roberto, que tiene rostro, no es suficiente compañía, las cifras, por más grandes que sean, poco lo van a consolar.

La Fuente de Petróleos es la puerta de entrada a la esfera en la que creció. Implica retorno, un antes y un después. Tanto el abuso como el secuestro insisten en dividir su vida. El rapto, de forma evidente, sembrando miedo a flor de piel; el abuso, insertando desconfianza en lo más hondo del pensamiento. Por siempre permanecerán las cicatrices de las ampollas en sus pies, las extremidades inferiores reciben menos irrigación sanguínea que el resto del cuerpo. Por siempre sentirá rasguños anímicos. Sí, sus piernas inventariarán uno de los golpes de su existencia. El otro es invisible.

XXVII

Oscureció por completo. Desde el auto, Mariano vislumbra la luna. Su visión no es amplia como en la sierra y el cielo no es ni asomo de los que vio allá, tan colmados de estrellas. Recuerda que el Tanque se lo advirtió. No importa, de momento la luz artificial de las lámparas eléctricas y de las casas le da mayor seguridad que la más deslumbrante bóveda celeste.

Al circundar la glorieta que da acceso a su colonia, pide prestado otra vez el teléfono. 736-366-2810. Presiona cada número con la esperanza de oír la voz de Alma. La grabación lo exaspera. De improvisto en su mente se instala la peor de las letras que ella tanto cantaba: *Qué triste fue decirnos adiós cuando nos adorábamos más.* Saca la melodía de su cabeza. La reemplaza con una composición de Metallica: *Life is ours, we live it our way.* "¡Al menos cuando nos dejan!".

Las piernas se mueven indiferentes a su voluntad. Quisiera que sus padres lo vieran sereno, pero los últimos metros acrecientan la ansiedad sin que su grupo musical preferido pueda apaciguarla. La letra de la canción, así lo desee con toda el alma, no es siempre cierta. Al bajar del auto color malvavisco deberá retomar su vida, o reformularla, o vivirla con los peligros que circulan a diario. Acaricia el talismán. Desea volver a ver a Alma. Quiere que a ambos los abandonen la mala suerte, la proximidad del Chavetas y los peligros que eso implica. Igualmente ambiciona un futuro para el Tanque. Los demás se merecen la cárcel tanto como la debió padecer el depravado chofer de sus abuelos.

Mariano descubre a su padre, le grita desde la ventana del auto y abre la puerta antes de que el conductor lo detenga. Corre hacia él. Ve a la madre salir de la oscuridad, estaba recargada en la pared. Se enlazan los tres en un abrazo extenso. El ansia de Mariano disminuye, sale por sus brazos y en especial por el pecho, que se entibia y destierra la soledad. Advierte dos lágrimas bajo los ojos de su papá: la figura de hierro se derrumba y eso, en lugar de debilitarlo, lo resguarda y lo libera al mismo tiempo. Sin darse cuenta, ambos firman un nuevo pacto filial, el más íntimo que han tenido.

—¿A mí quién me va a pagar? —interrumpe el conductor.

—¿Cuánto le debo? —El padre se desprende del abrazo.

—Que su hijo esté aquí, más casetas, gasolina y varias llamadas —dice el joven tras descender del vehículo.

Mariano observa a su padre extender un fajo de billetes, nota la precaución con la que el guerrerense mira alrededor al esconder el efectivo en el bolso interior de la sudadera. Él da un beso a su madre antes de separarse de ella, se acerca al conductor, agradece su ayuda una y otra vez, le tiende la mano y por último estrecha al muchacho.

—Hazle caso a tu tía —aconseja en voz baja—. ¡Cuídate! —le grita al verlo subir al Tsuru e iniciar el regreso a su tierra.

En la camioneta de la madre, sentado en el asiento trasero como cuando era pequeño, Mariano recorre los pocos kilómetros que le faltan para acabar el viaje de tres días que emprendió hace un par de meses. "Fue largo. Menos que el abuso. Los dos terminaron sin matarme. Puede que Alonso tenga razón y sea más suertudo de lo que creo. En cuanto llegue a casa voy a buscar una libreta para escribirlo como recordatorio. 'Suerte entre la mala suerte'. Empezaré por anotar que soy dos veces sobreviviente. Lo triste no voy a ponerlo, vuela en el aire como el polvo que se mete en la nariz y hace estornudar. Demasiadas cosas echan a andar la memoria: los niños, las noticias, la noche, los coches blancos, también los azules. Necesito todo lo que me recuerde que lo sucedido, aunque se siga sintiendo de la chingada, quedó en el pasado. Si se notara, parecería camello con dos jorobas. No hay pensamientos ni acciones cadáveres. Los muertos se quedan bajo tierra, pero lo que uno lleva adentro, el dolor de la memoria, sale. Siempre sale".

Asoma la cabeza por la ventanilla, observa el camino como si lo viera por primera vez y no quisiera perder detalle. Los padres lo miran, le preguntan cómo está, si tiene hambre. Él responde con monosílabos o asiente. Tiene esa noche y el día siguiente y muchos otros para hablar.

Al cerrarse la puerta del garaje, Mariano mira hacia atrás. El color negro del portón refleja las luces de la camioneta. Cuando se apagan, lo rodea una oscuridad apenas mitigada por una bombilla de la cocina. Pronto olerá el café mezclado con la lavanda del desinfectante y en pocas horas volverá a ver el amanecer desde la seguridad de su casa.

9 781400 343287